森の
ぼっち魔女
ルル
転生した
辺境領主
ソーマ

登場人物紹介
腹ぺこ聖女
シロ
頼れる
メイド
クルシュ

やりこみ好きによる
領地経営

～俺だけ見える『開拓度』を
上げて最強領地に～2

空野進

ぶんか社

CONTENTS

プロローグ

アルバンとエーファは、クルシュを誘拐した犯人を連れて王都へと向かっていった。

縄でぐるぐる巻きにされた犯人とエーファに乗るアルバン。

実力を考えたら、安心できる2人なのだが、なぜだろう？　どうしても不安が拭いきれない。

それに小柄な少女であるエーファに乗る筋骨隆々とした鎧男であるアルバン。

犯罪臭しかしないのだが……。

「主様、このエーファがしっかり王都を焼き払って、主様の威光を知らしめてきますね！」

無邪気に大きく手を振ってくるエーファ。

ただ、そんなことをされると俺が反乱を起こしているようにしか見えない。

「ちょっと待て！　そんなこと言ってないぞ!?　それだと俺が捕らえられてしまう!!」

「あれっ、そうでしたか？　わかりました。では、全ての元凶はアルバンということに仕立て上げておきます！　それでしたら主様に被害が及ぶことはありませんので」

「おいっ、ちょっと待て!?　そんなこと、俺がさせると思うのか!?」

アルバンが鋭い視線を向けて凄んでみせるが、エーファの上に乗ったままだと、それはたいして迫力が出ない。

「えっと……、ソーマさん……。本当に大丈夫でしょうか？　その……、私かラーレちゃんが付いていった方がいいのでは？」

「うーん、俺もその方がいいような気がしてきたな」

クルシュが不安そうに2人を見ながら言ってくる。

俺も不安の声を上げるとエーファが再び俺たちの方へ向いて、声を上げてくる。

「主様ー!!　大丈夫ですよー!!　全てエーファにお任せ下さいー!!」

「お、落ちる!!　お前、なんで大トカゲに戻らないんだ!?」

振り向きざまに落とされそうになるアルバンが慌てていた。

いや、まだアルバンは頭に乗っているだけマシかもしれない。

誘拐犯はロープで引きずられているだけ……。

すでにその体は土まみれ、泥まみれで、目を回している。

「ふ、不安要素しかない……。でも、確かエーファってドラゴンへ戻るためのスキルがまだ戻ってなかったよな」

白龍王（はくりゅうおう）エーファ。

その力はこの領地の誰よりも強かった。

ただ、呪いを受けて弱体化していたところに襲撃を受け、偶然俺が彼女を助けてしまったところこの領地に住んでくれることになった。

呪いの方は人化することで、解除することはできたのだが——。

【名前】　エーファ
【年齢】　10752
【職業】　白龍王
【レベル】　4（0/4）［ランクE］
『筋力』　2（14/150）
『魔力』　9（1/500）
『敏捷』　2（3/150）
『体力』　3（9/200）
【スキル】『威圧』　1（214/1000）
　　　　『龍魔法』2（145/1500）
　　　　『飛翔』　1（45/1000）

やはり、スキルには『人化』が戻っていない。

いや、今は人になっているわけだから『龍化』か？

とにかくそのスキルが復活してくれない限り、エーファはただの少女である。

今でも龍魔法が強力すぎるので、十分この町の戦力になってくれている。

今のままで戦力になっているということは、元がどれだけ強かったのか、という話にもなってしまうが――。

「はぁ……、全く、何をしてるのよ。わざわざエーファに乗らなくても、馬車で行けばいいじゃない」

目を細め、ため息交じりにラーレが言う。

「あっ……」

それを聞いて俺はハッとしていた。

「それも、そうですね。わかりました。私、バルグさんから馬車をもらってきますね」

クルシュが大急ぎでこの町、唯一の商店へ向かった。

ただ、数歩進んだ瞬間に盛大に転び、顔から地面へ突っ込んでいた。

「あうっ⁉」

「だ、大丈夫か、クルシュ⁉」

慌ててクルシュの側に駆けよって、彼女の身を案じる。

「あははっ……、大丈夫ですよ。その……、ちょっと転んだだけですから……」

「で、でも、血が出てるぞ……。治療、治療……」

その場で慌てふためいてしまう。

「そ、そうだ、回復薬！」

「い、いいえ、そこまでするような怪我じゃないですよ⁉　わ、私に使わずに、それはこの町のお金の足しにしてください」

「いや、金よりクルシュだ！　ほらっ、少し染みるぞ！」

静止させようとするクルシュを振り切って、俺は回復薬を血が滲み、赤くなっている膝にかけていく。

「うっ……」

すると、クルシュは痛みで苦悶の表情を浮かべていた。

しかし、泣き言を言うことなく、グッと手を握りしめ、痛みを耐えていた。

その甲斐もあり、傷はすぐに治った。

ただのかすり傷程度だったので、低級の回復薬でも十分に治ってくれるようだ。

まぁ、それは当然であったが、それでも俺は安心してしまう。

「よし、これで大丈夫だろう」

「あ、ありがとうございます、ソーマさん……」

クルシュは頬を染めながらも、うれしげな笑みを向けてくる。

俺も安心してクルシュへと視線を向けると、ばったり彼女と目が合ってしまう。

すぐ側にあるクルシュの顔。

彼女も次第に恥ずかしくなってきたのか、顔が更に朱色に染まっていく。

さすがにこれはやり過ぎた……。

俺は慌てて顔を背ける。クルシュの方も頬に手を当てて俯いてしまった。

すると、そんな2人を見たラーレが両手を広げ、呆れ交じりに首を振っていた。

「全く何をしているのよ、2人とも。ソーマは心配しすぎ！　クルシュもそそっかしいのよ。元々鈍くさいのだから気をつけなさい！」

「た、確かにただの怪我だもんな……」

「ありがとうございます、ラーレちゃん。次は気をつけますね」

ラーレに窘められたことで我に返ると、2人して彼女に頭を下げる。

「わ、わかればいいのよ、わかれば……」

謝られたことに少し慌てるラーレ。

すると、何か考えたのかエーファがその場で盛大に転ぶ。

「おわっ!? い、いきなり転ぶな!!」

慌てた声を出すアルバン。

しかし、エーファはそんなこと気にすることなく、俺の方をチラチラ見てくる。

「主様ー、エーファも転んでしまいましたー。優しくしてくださいー」

「いやいや、エーファよりアルバンたちの方が大変だ。ちょ、ちょっと待っていろ！」

龍であるエーファは転んだだけだと怪我はおろか、擦り傷すらついていない。

一方アルバンは受け身すら取れずにそのまま放り飛ばされて、側の木に頭をぶつけていた。

俺が慌ててアルバンの側に行くとエーファは頬を膨らませて拗ねていた。

「むぅ……、そんな筋肉だるまのことなんて放っておいたらいいのに……。主様は人が良すぎます……」

しかし、それを気にすることなく、俺はアルバンに対して、回復薬を渡す。

「そ、ソーマさま⁉　こ、こんな貴重なもの、いただくわけにはいきません。わ、私めは適当に唾でも付けておけば治りますので、その薬はソーマさまがお持ちください」

薬をそのまま押し返してくるアルバン。

もちろんここまでは想定の範囲内だった。

俺は首を横に振り、無理やりアルバンに渡してしまう。

「ダメだ！　それはアルバンが飲むんだ。それとも俺の頼みも聞けないのか？」

「うっ……。ソーマさま……。こんな私めにそこまで気を遣っていただけるなんて、本当に……、本当にありがとうございます。こちらは家宝として神棚に飾らせていただきます」

珍しく強めの口調を使ったのだが、アルバンはその斜め上を行く。

思わずその場で転けてしまいそうになるのを堪えて、ため息交じりにもう一つ回復薬を取り出す。

「わかった……。それは神棚に飾ってもいいからこっちの方を飲め。これは命令だからな」

「そ、そこまで私のためにしていただけるとは……。このアルバン……、命尽きるまでソーマさまに尽くさせていただくことをここで改めて宣言させていただきます」

目に腕を当てて、涙を拭うアルバン。

どう見ても大げさな態度。

「ソーマ……、おっさん、どこか頭打ったの？　いくらなんでも大げさすぎるわよ？」

ラーレが少しだけ心配してくる。

確かに頭を打った衝撃でどこか状態異常に陥っている可能性もあるか……。

俺は一度アルバンも調べてみることにした。

【名前】アルバン
【年齢】36
【職業】聖騎士
【レベル】20（1/4）［ランクC］
『筋力』31（35/2100）
『魔力』11（395/600）
『敏捷』5（174/300）
『体力』25（35/1300）
【スキル】『剣術』11（662/6000）
『聖魔法』4（10/2500）
『木工』3（1824/2000）
『威圧』6（15/3500）
『剛剣』2（584/1500）

数値を見る限り、どこもおかしくなっている部分はない。
つまり、この態度はいつものアルバン、ということで間違いないようだ。

「大丈夫そうだな……」

「……むしろ、大丈夫じゃないわよ。どこか頭でもぶつけた方が正常に戻ったんじゃないかしら」

辛辣（しんらつ）な言葉を投げかけるラーレ。

その隣でクルシュも同意見なのか、苦笑を浮かべていた。

「あ、あの……、アルバンさんもそうですけど、そちらの方にも回復薬を差し上げた方がいいんじゃないですか？」

クルシュがおどおどと告げる。

その視線の先には、ロープでぐるぐる巻きにされた誘拐犯の姿があった。

アルバン同様に飛ばされ、木にぶつかったようで目を回していた。

「……別にクルシュを誘拐する奴なんて放っておいたらいいじゃない？」

「えとえと……、確かに誘拐は悪いことですけど、でもでも……」

アタフタとするクルシュ。

「それもそうだな。確かに王国に引き渡す前に大けがをされても困るな。俺たちが拷問（ごうもん）をしたように見えてしまう」

「主さまー！　拷問ならぜひこのエーファにお任せを！」

「トカゲ風情（ふぜい）にそんなことできるものか！　このアルバンこそが適任かと提言させていただきます」

エーファとアルバンが睨み合いながら言ってくる。

いや、拷問なんてする気がないんだけど……。

俺は苦笑をしながら言う。

「ま、まぁ、そんなときが万が一……、億が一訪れたら、そのときは頼むな……」

「はいっ!!」

「お任せ下さい!!」

俺に頼られたと思ったのか、2人はうれしそうな声を上げていた。

その様子を見て、苦笑を浮かべずにはいられなかった。

「はぁ……、あんたも大変ね。まるで子育てみたいね……」

「そう思うならラーレも手伝ってくれ……」

「無理よ。あの2人はあんたの話しか聞かないじゃない」

ようやく回復薬を飲んでくれて、その効果に感涙しているアルバンを見ながら呆れてしまう。

「えっと……、それよりも王都への出発はどうされるのでしょうか?」

ぼんやりと呟くクルシュ。

結局、アルバンたちが王都へ出発したのは日が暮れる少し前になっていた——。

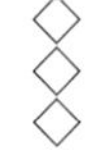

騒がしい2人がいなくなると、急に領内は静かになっていた。
そういった意味合いでは2人の存在はとても大きかったのだろう、と再認識させられた。

ただ、まだまだこの領内に必要な物は多い。

【領地レベル】 4 (16/32) [村レベル]
『戦力』 12 (15/75) [人口] (17/21)
『農業』 8 (34/45) [畑] (8/8)
『商業』 9 (41/50) [商店] (1/9)
『工業』 15 (0/90) [鍛冶場] (1/1)

ようやく村レベルに達したところ。

人もポツポツと増え、今では17人に及んでいる。

建物もアルバンの協力の下、人数分以上の建物が建ち並んでいる。

畑も飢えないほどの野菜が育っているので、暮らしていく分には何不自由ない領地にはなった。

ただ、町の中にある商店はバルグ商店のみ。

基本的には領の外へ出て、狩りや採取をして生計を立てている人がほとんどだ。

この、のんびりした空気がいいという人もいるだろうが、もっと領地を大きくしていくにはまだまだ足りないものがある。

「そろそろ、料理屋が欲しいところだな」

肉、野菜、魚……。

素材はだいぶ集まるようになってきた。

調味料の類いも、バルグの商店のおかげで少しずつ集まってきている。

そうなってくると、色んな料理が食べたくなる。

「ソーマさんは何が食べたいのですか？　腕によりを掛けて作りますよ」

クルシュが腕まくりをしてくる。

確かに俺1人なら、食べるものには困らない。

困らないのだけど――。

「私は魚――」

「大丈夫ですよ。いつも通り、ラーレちゃんには捕ってきた魚で何か作ってあげますから」

「べ、別になんでも良かったのよ。私は」

「あはは……、ラーレは相変わらずだな。俺も同じものでいいぞ。クルシュの料理はうまいからな」

「そ、ソーマさん……。あ、ありがとうございます」

クルシュが頭を下げてくる。

「いや、俺たちの方が助かっているぞ。なぁ、ラーレ」

「えぇ、そうね。少なくともさっき出て行った2人より役に立ってるわよ」

「あ、アルバンたちも力仕事で頑張ってくれてるぞ。たまに2人で喧嘩してるけど――」

「……たまに？」

「しょっちゅうの間違いだな」

「あ、あはは っ……。それじゃあ、私は料理の準備をしてきますね。またできましたらお呼びします」

「あっ、私も手伝うー！」

クルシュの後をラーレが追いかけていく。

残った俺は先ほど思いついた料理屋のことを相談しようと、バルグの商店へと向かった。

◇◇◇

バルグの店は相変わらずの品揃えで、俺の領地にはもったいないくらいだった。

ただ、まぁ……、店に入った瞬間の威圧がなければ——だけど。

「……っす。何……買う？」

強面のバルグが何か小声で言ってくる。

近づかないとその声がまともに聞こえないのに、近づくと巨大な体のバルグに圧倒されてしまう。

実際は声の小さい小心者……なんだけどな。

【名前】バルグ
【年齢】26

【職業】 商人
【レベル】 3（3/4）［ランクE］
『筋力』 6（98/350）
『魔力』 1（0/100）
『敏捷』 1（49/100）
『体力』 7（64/400）
【スキル】 『馬術』 3（74/2000）
『商才』 1（0/1000）
『怪力』 2（67/1500）

せっかくの商才が全く活かされていない商人。

それなのに人が良いので、力になりたい……と思えてくる不思議な人物だった。

「いや、今日は買い物に来たわけじゃないんだ。この領地も少しずつ発展してきたから、この辺りでももっと色んな店を増やしたいと思うんだ。バルグの伝手（つて）で誰か良い人は知らないか？」

「……るす」

「――それならボクの出番だね」

店の奥から小柄な女性が姿を見せる。

バルグの奥さんであるユリだった。

「……かに」

バルグが小声で呟いて頷く。

ただ、今回ばかりは聞き取れなかったので、思わず首を傾げてしまう
「かに？」

「えぇ、ボクなら確かに向いてるって言ってくれたんだよ」

ユリは照れながら教えてくれると、バルグの方もぶっきらぼうに答えていた。

「ユリ、……うまい」

「もう、バルグったら……」

俺は目の前で何を見せられてるんだろうな……。

ラブラブの2人を眺めつつ、呆れ顔になる。

「それより、向いてるってどんな店だ？」

「料理屋だよ」

そういえば、ユリさんって、料理スキルを持っていたんだよな？

水晶を見て確かめると、確かに料理スキルの文字を発見する。

【名前】ユリ
【年齢】24
【職業】主婦

【レベル】　1（1/4）［ランクE］
『筋力』　2（17/150）
『魔力』　1（65/100）
『敏捷』　1（16/100）
『体力』　1（29/100）
【スキル】『料理』5（317/3000）
　　　　　『鼓舞』1（12/1000）
　　　　　『商才』4（684/2500）

商才もバルグさんより高いところは苦笑しか浮かばないが。

「なるほどな。確かにそれはいいな。でも、この商店は大丈夫か？」

「――っす」

「大丈夫みたいだよ。この領地にいる人だったら、もう慣れてるでしょ？」

確かにバルグがこの領地に来て、それなりに経っている。

この領地の人間ならバルグを避ける人物はいないか。

「まぁ、すぐ助けに入れるように、ここの隣に料理屋を作るか。……アルバンが帰ってきてからになりそうだけど」

「うんっ、わかったよ。それならボクもそのタイミングに合わせて、出す料理とかを考えておくね」

これで一つ、お店を確保だな。

ただ、根本的な解決にはなっていない。

もっと人を集めないとダメだな。そのためにはもっと領地レベルの数字を上げないとな。

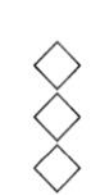

翌朝から、俺は再び数値上げを開始していた。

『戦力』を上げるために、アルバンの代わりに小屋を作ってみたり……。

『農業』を上げるために、いつもより畑を耕したり……。

『商業』を上げるために、頻繁にバルグの商店へ出向き、色んなものを買ってみたり……。

『工業』を上げるために、鍛冶を何度もしたり……。


その結果――。

「あ、上がらない……。ど、どうしてだ？」

実際には微妙に数字は上がっている。

でも、それがレベルアップにまでは到達しなかったのだ。

【領地レベル】　4（16/32）［村レベル］
『戦力』　12（18/75）［人口］（17/21）
『農業』　8（35/45）［畑］（8/8）
『商業』　9（42/50）［商店］（1/9）
『工業』　15（2/90）［鍛冶場］（1/1）

このままだと、いつまで経っても領地は大きくならないぞ？

何かもっと効率よく上げる方法を考えないといけないな。

「ソーマさん、どうしましたか？　何か悩んでるように見えますけど？」

「あぁ、中々この領地を発展させることができなくてな……」

「そ、そんなことないですよ!?　ソーマさんが1人で始められたと思えないくらい急成長していますよ！」

「そうか？　まだたった17人しかいない領地だぞ？　正直村レベルとしか……」

「それは仕方ないです。噂が広まるのには時間がかかりますからね。でも、ここにいる人たちはみんなソーマさんの話を聞いてきてくれた方ですよ？　十分誇ってもいいと思います」

「そっか……。俺が焦りすぎていたのか？」

クルシュに言われて、改めて考えを変える。

確かにゲームの時は1日が数分程度に縮められていたので、あっという間に時間が過ぎていた。

しかし、これは現実――。

1日で成長するにはたかがしれているかもしれないな。

「ありがとう、クルシュ。また俺が悩んでたら相談に乗ってもらってもいいか？」

「も、もちろんです。私がソーマさんの助けになれるのならいくらでもいいですよ」

それならもう少し長い目で見てみるか。

視点を変えることで、何か別のことが見えてくるかもしれないもんな。

「それなら今日は何をするかな……」

領地の発展を慌てないで行っていく……と考えると、すぐにしないといけないことは――。

「ラーレの万能薬作りか」

「S級の万能薬が必要なんでしたよね？」

今、俺が作れる万能薬はD級まで……。

一応、この万能薬をいつか作れるから……とラーレにはこの領地に来てもらった。

それを考えると、なるべく急いで作っておきたい。

【名前】　万能薬
【品質】　D〔薬〕
【損傷度】　0/100
【必要素材】　C級魔石（1/50）

【能力】　病気を治す［D級］

万能薬の作り方を見ながら悩む。

魔石を集めるべきか、それともこれを作る素材であった、毒草の高品質なものを探すべきか……。

「今は毒草だな。魔物を倒すには俺たちだと戦力不足だ」

領地の外を探すとなると、俺、クルシュ、ラーレのメンバーで行くことになる。

アルバンたちが離れている今、必要素材であるC級魔石を出す魔物を倒すには戦力不足といえるだろう。

「探索に行かれるのですね。ラーレちゃんを呼んできましょうか？」

「あぁ、よろしく頼む」

しばらくすると、ラーレがクルシュによって引っ張られてくる。

「わわっ、な、何よ。ど、どこに行くのよ!?」

「ソーマさんが来て欲しいって言ってましたよ」

「そ、ソーマが!?　そ、それならなおさらよ。ちょ、まだご飯食べてるから……」

ラーレは串に刺した焼き魚を片手に慌てていた。

確かに連れてきて欲しいって言ったけど、食事の時間くらい待つぞ……。

「とりあえず、クルシュ……。少し待つから食事くらい取らせてやってくれ」

「わ、わかりました」

「ふ、ふんっ、わ、わかればいいのよ」

それから魚を食べるラーレを眺めていた。

すると、ラーレが顔を赤くして聞いてくる。

「わ、私のだけど、一口だけ食べる？」

「えっ？」

「一口だけ!?　一口以上は許さないからね!?」

「いや、大丈夫だぞ？　ラーレが食べ終わるのを待ってるから」

「だからそうやって待たれるのが落ち着かないのよ!?　食べたいなら食べたいって言いなさい！」

「いや、別に食べたいわけじゃないぞ？」

「うぅ……、は、謀ったわね!?」

「だから、なんのことだ？」

首を傾げていると、ラーレは顔を真っ赤にして、目に涙を浮かべていた。

そして、大急ぎで魚を食べきっていた。

「もう食べたわよ！　ほらっ、どこかに行くんでしょう？　早く行きましょう」

「わ、わかった……。それじゃあ、外へ行くか……」

それから俺たちはまず北へと向かうことにした。

理由は、深い森が広がっているから——。

森の方が毒草の生えていそうな感じがするからな。

「森へ行くのね。わかったわ。さすがに危険な魔物が出るところまでは行かないと思うけど、いざという時は逃げられるようにしておきなさいよ？　私が殿に残るから」

「だ、ダメですよ⁉　そんなことをしたらラーレちゃんが危険な目に遭いますよ⁉　わ、私が残ります……」

「はぁ……、クルシュ、あなたまともに戦えないでしょ？　このメンバーなら戦闘要員は私になるから、私がやるわよ」

「でも、でも……」

「ちょっと待て。なんで、危険になる前提なんだ？　そんなトラブルが起こりそうなところには行かないぞ？」

「はぁ……、あんた、今までの出来事を覚えてないの？　私が来たときから今まで、ずっと何かしらのトラブル続きじゃない？　どうせ今回も何か起こるのよ！」

「いやいや、今回は毒草を探しに行くだけだからな。それ以上でもそれ以下でもないぞ？」

「いつもそう言ってるでしょ？　まぁ、いいわよ。対策をしておけば、いざって時に動けるだけだからね」

ため息交じりに答えるラーレ。

そして、俺たちは森へ向かって進んでいった。


太陽を遮る木々。

音一つない静寂。

じんわりと湿った土。

ひんやりとした空気がこの場所の怪しさを醸し出している。

そんな中を悠然と歩くラーレ。

その後ろを怯えた様子のクルシュと俺が続く。

「あ、あの……、だ、大丈夫でしょうか？　領地から結構離れてますけど、強い魔物は出ないのですか？」

「大丈夫よ、私に任せておきなさい！」

不安になるクルシュを励ますラーレ。

彼女の自信も根拠のないものではなく、そのスキルによるものなので、俺自身は安心して彼女についていっていた。

【名前】ラーレ
【年齢】16
【職業】探索士

【レベル】　11（1/4）［ランクD］
『筋力』　9（142/500）
『魔力』　5（69/300）
『敏捷』　21（3/1100）
『体力』　10（269/550）
【スキル】　『短剣術』　3（1964/2000）
　　　　　『索敵』　5（2/3000）
　　　　　『気配探知』　6（36/3500）
　　　　　『隠密行動』　2（1368/1500）
　　　　　『火魔法』　1（77/1000）

周囲の索敵に特化している探索士であるラーレ。

こういった、できるだけ魔物に遭いたくないときにその真骨頂（しんこっちょう）が発揮される。

「うーん、このまままっすぐ進むと、ちょっと強めの魔物に遭遇するわね。どうする、ソーマ？

倒せないことはないと思うけど」

しばらく進むと、ラーレが迷った表情をしてくる。

「そうだな……。避けられそうか？」

「今回はあくまでも素材集めよね？　それなら大丈夫だと思うわ」

「それなら余裕で倒せる相手以外は避ける方向で頼む。俺とクルシュはほとんど戦えないから、ラーレ頼みになるからな」

「――わかったわ。それじゃあ、ちょっと荒れた道を通るから気をつけてね」

そう言うとラーレは踏み固められた道から逸れて、脇道へと入っていく。

ただ、歩きにくい荒れた道はいつもよりも体力を奪っていく。

それはクルシュが顕著だった。

「はぁ……、はぁ……」

「大丈夫か、クルシュ？　そろそろ休憩を取るか？」

「だ、大丈夫です。まだ……」

いや、全く大丈夫には見えないが……。

でも、クルシュの能力を鑑みると仕方ないかもしれない。

【名前】クルシュ
【年齢】18
【職業】メイド
【レベル】1（1/4）［ランクE］
『筋力』1（26/100）
『魔力』1（0/100）

『敏捷』　1（43/100）
『体力』　2（18/150）
【スキル】『採取』10（742/5500）
　　　　　『釣り』　3（54/2000）
　　　　　『聖魔法』　1（78/1000）

ただでさえ戦闘には向いていない能力なのに、いつ魔物が現れるのでは……という緊張感と戦っていると、普段より体力を消耗してもおかしくない。

なるべく迷惑を掛けたくない、と本人が思っているからこそ無理をするのだろう、と思わず苦笑してしまう。

「わかった……。俺の体力がもう保たないから休んでもいいか？」

「ソーマ様、お疲れだったのですね。気づかなくて申し訳ありません。今休憩の準備を……」

「いや、木にもたれ掛かって座るだけで十分だ。だからクルシュも休んでいてくれ」

「は、はい、かしこまりました」

俺が座ったのを見て、クルシュが隣に腰掛けてくる。

その様子をみて、ラーレは苦笑いしていた。

「全く、何をしてるのよ……」

静寂なる森の中。

それを破ったのはラーレの一言だった。

「そういえばクルシュって、ソーマに仕える前は何をしてたの？」

「わ、私ですか？　私はその……、色んなところを転々をしていました。め、メイドとして……」

「そっか……。でも、何だろう？　クルシュってメイドの感じがしないのよね。もっとこう……、清楚(せいそ)な感じが――」

「そうだな。スキルを見てても『聖魔法』があるわけだしな。見習い聖女だった……とも言ってなかったか？」

「あっ、そ、その話ですか……。その……、一応聖魔法も使えるんですけど、威力が弱すぎて、全く使い物にならなかったんですよ」

それからクルシュは、聖魔法が使える者が集められて、聖女としての修行をした日々のことを語り出してくれた。

王都の教会を出て、悠然と森の中を歩く1人の少女がいた。

白の修道服を着ており、銀の髪をなびかせている少女。

その手には三つ叉(また)の槍を持ち、いざ魔物に襲われたらこれで突いて倒す……なんてことはせずにもっぱら食事用のものだった。

そんな少女の名前はシロ。

圧倒的魔力と聖魔法の強さから現聖女として認定されている少女だった。

ソーマが手に入れたピコハンについての神託を受けた少女でもある。

ただし、彼女自体は真面目に聖女をするつもりは全くなかった。

「お腹すいたなぁ……。聖職者って、ご飯の量が少ないんだよね……」

お腹いっぱい食べられるから……、と聖女を目指していた彼女だが、実際に出されるのは茶碗(ちゃわん)一杯だけのご飯とおかずが三品だけ……。

「うぅぅ……、もっとお腹いっぱい食べたいよぉぉ……」

少女の悲鳴が静かな森の中をこだまする。

しかし、ここには少女にご飯を恵んでくれる人は誰もいなかった。

むしろ、少女を餌(えさ)にしようと魔物たちが現れる。

「わ、私は美味しくないよぉぉぉ……」

じわじわと後ろに下がっていく。

しかし、魔物たちはどこかへ去ってくれそうもない。

「うぅぅ……、ごめんね、こんなところでやられるわけにはいかないんだ……」

少女は目を閉じ神に祈りを捧げる。

すると、その瞬間に少女の体は光で包まれ、魔物たちの攻撃を全て跳ね返していた。

「これで逃げてくれるといいんだけど……」

しかし魔物たちはその場から去らないどころか、鋭い目つきでじっと少女を睨みつけている。

「ダメなんだね……。ならやっぱり倒すしかないか。ごめんね」

光に包まれたままの少女は、そのまま魔物に殴りかかっていた。

その瞬間にまるで爆発でも起きたかのように、とんでもない衝撃が辺りを包み込んでいた。

そして——。

「あー、またやっちゃった……」

少女を取り囲むようにクレーターができていた。

「今度は何を言われるか……」

もっと聖女らしい行動してください。とか、あなたは神の代弁者なんですよ。とか、私は一切関係ないのに……。

ただご飯が食べたかっただけなのに……。

ゆっくり立ち上がると、少女はご飯をまとめてまた森の中を彷徨(さまよ)いだしていた。

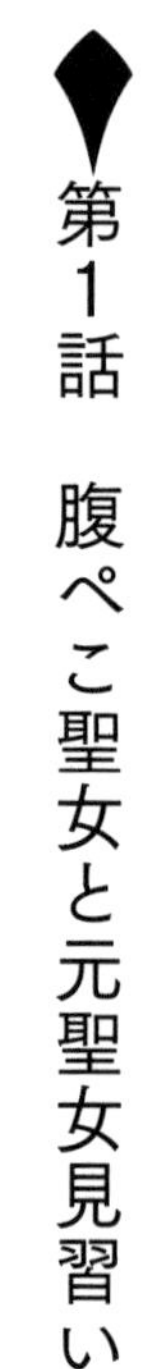

第1話　腹ぺこ聖女と元聖女見習い

「な、なんだ。何が起きたんだ？」

突然爆発が起こり、思わず周りを見渡してしまう。

遠くの方で煙が上がっている——。

突然の爆発……。誰かの攻撃か、それとも魔物たちの争いか。

その理由はわからないけど、この森は領地からの距離も近い。

調べないわけにはいかなかった。

「クルシュ、ラーレ、危険だけど、見に行っていいか？」

「私は構いませんよ」

「仕方ないわね。あの爆発を見に行くんでしょ？　でも、油断しないでよね」

ラーレは腕を組み、そっぽを向きながら言ってくる。

素直に心配していると言えないようだ。

「心配してくれるのか？　ありがとう、ラーレ」

「べ、べ、別にアンタのことなんか心配してないわよ！　あんたがいなくなるとクルシュが悲しむから……。ただ、それだけなんだからね！」

恥ずかしそうに顔を赤くして、慌てながら言ってくる。

「でも、気をつけなさいよね。弱い魔物なら私が守ってあげられるけど、強力な魔物とか、複数人の盗賊とかだと私じゃ勝ち目ないからね」

「うん、わかってるよ。だから、様子を見に行くだけだ」

「ソーマさん、この魔力……」

クルシュが何か感づいたようで、話の腰を折ってくる。

「どうかしたのか？」

「あっ、はい。さっきの爆発、かなりの聖魔力を感じました。これほどの力を発するとなると、聖女様か、聖女見習いか、そのどちらかだと思います」

「なるほどな……。どうしてこんなところにいるのかはさて置いて、それなら危険はないか。様子を窺いには行った方が良さそうだな」

「あれだけの爆発魔法を使った、ということはかなり危険な状態だと思いますよ。下手に近づくと私たちも攻撃されるかもしれません」

「そうか……」

確かに魔物と間違えられて、万が一にでも襲われたら大変だからな。

それに、クルシュのこの様子……。

以前聖女見習いだったこともあるから、もしかすると聖女様についても何か知っているのかもしれない。

そんなクルシュが危険だというのだから、俺たちだけでは相当危ないのだろう。

確かに俺とクルシュのレベルは1。

ラーレでも11。

まともに戦闘ができるレベルではなかった。

弱い魔物ならまだ、うまく立ち回って、ラーレの素早い動きで惑わして倒すこともできる。

でも、聖女がわざわざこんなところにまで出張って、全力で戦う相手が普通の魔物のはずがない。

下手をすると魔王クラスの何者かがこの辺にいるのかもしれない。

早急にエーファを呼び戻すか？

いや、まだその段階ではないだろう。この森にいるだけなら下手に刺激をすることなく、そのまま引き上げてもらおう。

「わかった、それなら、下手に近づくのはやめておくか。聖女様に会うのが目的じゃないからな」

「それがいいですね」

クルシュがホッと安堵の息を吐いていた。

すると、突然ラーレが声を上げてくる。

「近くに川があるわね！　お昼ご飯でも捕っていかない？」

ラーレが目を輝かせながら、川のある方向を見ていた。

朝も魚を食べていたのに、まだ食べるのか……。

ラーレの魚の好きっぷりに思わず呆れてしまった。

川の側までやってくる。

川底が見えるほど、綺麗で透き通った水。

やや冷たいその水は足をつけるだけで、心地よかった。

そして、目で追えるほど魚が泳いでいた。

だからこそ、俺はクルシュに視線を向ける。

「クルシュ、頼めるか？」

「はい、もちろんですよ」

「わ、私もやるわよ!?」

クルシュがあっという間に釣り竿を作り出す。

それを見よう見まねでラーレも釣り竿を作るが、こちらは少々不格好だったが、本人は満足そうにクルシュの隣で魚釣りを始める。

しばらくすると、クルシュは大量の魚を釣り上げていた。

さすがは『釣り』スキル持ち……。

見ているだけでわかるほどに、その手際は見事なものだった。

一方、ラーレの方も頑張ってはいるのだけど、ポツポツとしか釣れていないようだった。

ただ、それでもラーレは釣りあがる魚に対して、一喜一憂していた。

そして、しばらくすると目の前に大量の魚が釣り上がっていた。

それを見ていた俺はカバンから塩を取りだし、釣りをしている2人を見ながら作っていた串と共にクルシュに渡していた。

魚を串に刺し、少量の塩を掛けたあと、たき火で焼いていく。

それを目を輝かせながらラーレは見ていた。

「まだかな、まだかな……」

「ふふっ、落ち着いてくださいラーレちゃん。お魚は逃げませんから」

「に、逃げるよ!?」

「ははは、まあクルシュに任せておけば大丈夫だろう」

辺り一帯にこんがりと香ばしい匂いが漂い始めると、ラーレは今にも飛びつきそうになっていた。

「も、もう待ちきれないわ！」

「まだ早いですよ。もう少し待ってください」

「うぅぅ……、待ちきれないわね……」

口を噛みしめながら、目の前で焼かれていく魚を食い入るように見つめる。

そして、もう少し経つとクルシュが焼き上がった魚を渡してくる。

「はいっ、できましたよ。こちらをどうぞ。熱いので気をつけて下さいね」

「わぁい！　ありがとー！」

ラーレが手を伸ばすが、魚を受け取ったのは全く別の人物だった。

なぜか修道服を着た少女が涎を垂らしながら魚を受け取っていた。

「えっ、だれ？」

「私の魚!?」

「あっ、あなたは――聖女さま!?」

クルシュが驚きの声を上げていた。

「聖女!?　こ、こいつがか!?」

俺は驚きつつ、その少女を見る。

でも、修道服の上からでもわかる女性らしい体つき。

クルシュより少しだけ高い背丈。

肩ほどの銀髪とその手に握られた三つ叉の槍。

……いや、フォークか？

どう見ても武器には見えないし、先ほどクルシュが高い魔力を感じていたところを見ると、基本的な戦い方は魔法によるものなのだろう。

見た目としては聖女、ないしそれに類する神官あたりで間違いないようだ。

「さっきの戦いは終わったのか……？」

「もぐもぐもぐもぐ……」

俺の質問をよそに聖女はひたすら魚を食べていた。

食べることに必死になりすぎて何も話せない状況……といったところだろうか？

俺は苦笑をしながら、聖女が食べ終わるのを待つことにした。

「わざわざ食事中に聞くことでもなかったな。詳しい話は食事を終えてからにしようか」

「私の魚……」

ラーレが名残惜(なごりお)しそうに聖女が食べている魚を眺めていた。

すると、見ていられなくなったのか、クルシュが立ち上がり、別の魚を焼き始める。

「ラーレちゃん、もう少し待って下さいね。次の分を焼かせてもらいますから……」

「うん、ありがとう、クルシュ」

「あー……、この食べっぷりだったら多めに焼いておいてくれるか？　すぐになくなりそうだ」

「それもそうですね。捕れた分は全部焼いておきます。足りなさそうでしたらもう少し量を釣ってきましょうか？」

「さすがにそこまでは――」

聖女の姿をもう一度見る。

もうすでに半分以上、手に持っていた魚が消失していた。

この様子だと、完全になくなるまでそう長くはないだろう。

「いや、悪いけど頼めるか？　俺にできることがあったら手伝うから」

「はいっ！　任せて下さい！　ソーマさんはゆっくり休んでください」

「そういうわけには――」

「このあと、色々と難しい話をするのですよね？　それなら尚更(なおさら)休んでください」

クルシュなりに気を遣ってくれているようだった。

それならここは甘えさせてもらうべきだろう。

「わかった。すまないけどよろしく頼む」

「はいっ！」

無理やり仕事を増やしてしまったのだが、それでもクルシュはうれしそうに大きく頷いていた。

しばらくして、残っていた全ての魚を食らいつくした聖女がようやく人心地(ひとごこち)ついたのか、頭を下げてくる。

「ご飯をくれて、ありがとー！」

「あ、あぁ……、気にするな……」

聖女らしからぬ元気な言葉に俺は言葉に詰まってしまう。

すると、クルシュが苦笑を浮かべていた。

「ご馳走(ちそう)……、というより勝手に食べてましたけどね……。相変わらずですね、シロちゃん……。

ううん、今は聖女だからシロ様か聖女様って呼んだ方がいいですか？」

どうやらクルシュの知り合いのようだった。

聖女見習いをしていたのだから、知っていてもおかしくはないのか。

でも、この親しげな話し方……。相当仲が良かったようだ。

「私の魚……」

深刻な話をしている中、ラーレだけは名残惜しそうに串だけになった元焼き魚を眺めていた。

「えっと、あれっ？　……も、もしかして、クルシュちゃん!?」

シロと呼ばれた聖女はクルシュをジッと眺めて、ようやく気づいていた。

そして、うれしそうに抱きついていた。

「わわっ!?」

「会いたかったよー、クルシュちゃん！　どこに行ったのかと探したよー！」

どうやら彼女なりにクルシュのことを心配してくれたようだ。

……もしかして、この領地付近に来ていた理由はクルシュ絡みだろうか？

それにクルシュの恥ずかしそうだけど、どこかうれしそうな表情……。

やっぱり知り合いに会えるのはうれしいもんな。

聖女様がクルシュに会いに来る理由……。

もしかして、クルシュを教会へ呼び戻そうとしているのだろうか？

確かにクルシュは元聖女見習い。

即戦力としても使うことができるうえに、聖女の知り合いだ。

これほど信頼できる相手はいないだろう。

クルシュがそれを望むのなら……。

俺に否定する術はないな……と思ったが、それを考えた瞬間に心の奥がチクリと痛んだ。

「……？」

その感情を不思議に思い、首を傾げる。

でも、考えようによっては何もおかしいことはなかった。

この世界へ来て、初めてできた領民。

それ以来一緒になって、領地を広げていこうと頑張ってきたのだ。

彼女がいなくなることは、俺にとっても悲しい。

「えっと、聖女様……？　そのくらいにしてください。その……、ソーマさんたちも困惑してますので――」

「むぅ……、その呼び方、他人行儀で嫌だな。昔みたいにシロちゃんでいいよ」

「そ、そういうわけにはいきませんよ!?　シロ様は今は聖女様なんですから――」

「それなら聖女としての私からのお願いだよ。昔のしゃべり方をしてね！」

にっこり微笑みながらとんでもないことを言い出すシロにクルシュはため息交じりに答える。

「はぁ……、わかりましたよ……。シロちゃん……。これでいいですか？」

「うんうん、まだしゃべり方が固い気がするけど、そこは追々直していこうね？」

「こ、これ以上は無理ですよぉ……。それより、シロちゃんはどうしてこんなところに来たのですか？　この辺りはソーマさんの領地くらいしかないと思いますよ？」

「えっと、そ、それはもちろん、そ、ソーマサンという人に会いに来たんだよ？」

シロは目を泳がせながら答える。

ただ、会って間もない俺でもその仕草から嘘だと言うことくらいわかる。

それをクルシュが見逃すはずもなかった。

「嘘……ですね。シロちゃん、昔から嘘をついたとき、目が泳ぐんですよね」

「そ、そ、そんなことないよ⁉　わ、私は確かにソーマサンという人に――」

「それじゃあ、わざわざ会いに来た人の本名くらいわかりますよね？　相手の内情も知らずに聖女様が直々に会いに行くなんてないもんね」

「うぐっ……、えとえと……、ソーマサン……、ソーマサン……、あっ⁉　そ、そうだった。この辺はシュビル領だから、ソーマサン・シュビルだ！　うん、間違いないよ！」

手をポンと叩いて、満足そうな表情を浮かべるシロ。

それを見ていると、本当にこの子が聖女なのかと不安に思えてくる。

もちろん、クルシュは呆れ顔のままだった。

「はぁ……、やっぱり嘘でしたか。そもそも、ソーマさんの名前はタクヤ・ソーマさんです。そして、ここはソーマ領ですよ？　シュビル領はもう一つ隣です」

「あ、あれっ？　あ、あははっ……、ちょ、ちょっと間違えたかな？　で、でも惜しかったよね？」

「惜しいも惜しくないもないですよ……。そもそも、ソーマさんの名前は、ソーマサンではないですからね⁉」

根本的な部分から間違えている。

つまり、俺に用事があったというわけではないようだ。

そうなるとやっぱりクルシュか？

「素直に言ってください。どうせ、教会のしきたりが嫌になって逃げ出してきたんですよね？」

俺の予想とは斜め上の方向の指摘をクルシュがしていた。

えっ？　教会のトップである聖女様が、その教会のしきたりを理由に逃げ出すのか？

「だって、普通に考えてよ。教会だとまともに食事がもらえないの。これはもう逃げ出す理由にならないかな!?」

確かにそれが本当なら一大事件だ。聖女が食事をもらえないなんて……。

でも、クルシュはため息を吐いて、シロを窘める。

「そんなことあるはずないですよ？　ちゃんと一日三食、しっかりと食べさせてもらえてるはずです。私も聖女見習いになったから飢えずに済んだのですから……」

クルシュがはっきりと言い切っているので間違いないのだろう。

見習いでそれなら、聖女様がもらえないはずがない。

「一日三食しか……ですよ!?　そもそも一日三食っておかしくない!?」

ちょっと何を言っているのかわからない。

俺とラーレはお互い、キョトンとしていた。

すると、クルシュは大きくため息を吐く。

「それは単にシロちゃんが食べ過ぎなだけだよ……」

「そ、そんなことないよ!?　朝三食、昼三食、夜三食の合計九食が普通ですよね!?」

頬を膨らませながらシロが言ってくるが、ますますおかしいことになっている気がする。

「そんなことないですよ!?　普通の人は1日に三食しか食べませんよ？　そうですよね。ソーマさん？」

クルシュが俺に確認をしてくる。

そこで、俺は転生前の状況を思い出していた。

仕事に追われ、まともに食事が取れない日々。

1日に二食は当たり前。

下手をすると、一食……。いや、0の時もあったな……。

そんな記憶を掘り起こして、苦笑いを浮かべる。

「いや、三食食べられたら幸せだな。俺の故郷だと一食や二食の人が普通にいたからな。食べない……なんて奴もいたからな」

「そ、その人は本当に人なの!?　ぺ、ペットとかじゃないの？　それでもかわいそうだけど……」

「いや、残念だけど、普通に人だぞ？」

そもそも俺の話だからな。

今ではそんなことはないが、昔はそこまで頑張っていたんだな……、と苦笑が浮かんでくる。

「その人、どうやって生きているのだろう……？」

シロは目を点にして真剣に驚いていた。

「それに、普通の人は九食も食べたら食い過ぎで動けなくなるんじゃないか？」

「私、ピンピンしてるよ？　もしかして、お兄ちゃんって食わず嫌いなの？」

「いや、それは好き嫌いをした奴にいう言葉だ。九食食わないからっていう言葉じゃないぞ？」

「でも、やっぱり三食は少なすぎるよ。元気でないよ。ほらっ、お兄ちゃんもクルシュちゃんも……、あと、そっちの猫ちゃんももっと食べて！」

「誰が猫よ!?」

猫呼ばわりされたラーレが思わず大声を上げる。

「それに食事は全てお前が食べてしまっただろう？　もう残ってないぞ？」

「あ、あはは……、ま、まだ食べるのでしたら、釣ってきましょうか？」

クルシュが釣り竿を手に取る。

「いや、もういいぞ」

「そうだね。そろそろ二食目の時間だもんね」

さっき大量の魚を食ったところなのに、もう次が食えるとか化け物なのか？

「もう魚ないわよ!?」

ラーレが少し怒りながら叫んでいた。空になったカゴを見せつけながら――。

「だ、大丈夫ですよ、ラーレちゃん。私、釣ってきますから……」

「く、クルシュに言ったんじゃないわよ？　そこの大食い聖女に言ったのよ」

「全く……。本当は猫ちゃんも食べたいんだよね？　一緒に食べよう？」

「ち、ち、違うわよ⁉　もうあんたにやる魚がないだけよ⁉」

「まぁまぁ、ラーレちゃん。私が魚を釣ってくれば全て丸く収まりますから……」

「だ、だから、クルシュは話をややこしくしないで！　私はそこの聖女と話がしたいだけよ⁉」

ラーレが息を荒くしながら言う。

しかし、この騒ぎは結局、もう一度魚釣りをしに行って、二度目の食事をとるまで続くのだった。

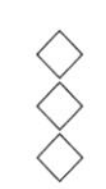

「ふぅ……、満足したよ……」

シロは満足げにお腹をさすっていた。

「二回目も同じ量……か」

「あ、あはは……、本当に相変わらずですね……」

「また私の魚を……」

大量に置かれた魚の骨を前にして、俺たちはただただ苦笑するのみだった。

「一宿三飯のお礼に、何か困ってることがあれば言ってね。私にできるなら協力させてもらうよ」

目と鼻の先まで顔を近づけてきて、笑いかけてくるシロ。

整った顔立ちのシロが目の前にいると、思わず顔を背けてしまう。

すると、頬を膨らませたクルシュが俺たちの間に割って入ってくる。

「ソーマさんは渡しませんよ!?」

「えっと、渡す渡さないじゃないと思うんだけど……」

「お兄ちゃんっておいしいの？」

そのまま俺の耳をはむっと咥えてくるシロ。

「えっ？」

「わわっ!? な、何をする!?」

突然のことに一瞬呆けてしまったが、すぐに何をされたのか気づき、一気に赤面してしまう。

クルシュもポカンと口を開けて硬直していた。

「はむはむ……」

なぜか口を動かしてくるシロ。

すると、クルシュが慌ててシロを俺から離していた。

「だ、ダメですよ!? そんなことをしたらソーマさんにご迷惑がかかりますから！」

「クルシュちゃんがおいしいって言ったんだよ？」

「い、言ってませんよ!?」

「お兄ちゃん、味はしないけど、歯ごたえはいいね。これからももぐもぐしてもいい？」

「だ、ダメーーー!!」

クルシュの大声が森の中にこだましていた。

一瞬、場を静寂が襲う。

しかし、すぐに頬を掻きながら、シロが言ってくる。

「うーん、これはちょっとまずいね。クルシュちゃん、一応ここは魔物がいる森だから」

「だ、誰のせいですか⁉」

クルシュが必死に言い返す。

「クルシュちゃんが叫ばせるようなことを言ったせいですよ⁉」

「し、シロちゃんが叫んだせい？」

「なぁ、あまり聞きたくないんだが、何がまずいんだ……？」

クルシュたちの会話に割って入る。

すると、森の奥を指差しながらシロが答える。

「魔物たちなら敵がいるとその場から逃げ去るか襲ってくるよね？　特に私たちは強く見えないから……」

シロの言いたいことはわかった。

ただ、それと同時に手遅れだともわかった。

まだ、姿は見えないものの木々の奥から、魔物のうめき声が複数聞こえてくる。

すでに周りを囲まれてしまっているようだ。

「ラーレ……」

「ちょっと数が多いわね。私１人で相手にできるかどうか……」

「ちっ……、わかった。一応バフをかけるから、精一杯堪えてくれ。その間に対策を考える」

そう伝えながら、俺は『鼓舞』スキルを発動させる。

これでラーレの能力が少しだけ上がってくれる。

ただ、魔物の数が多すぎる。

うめき声だけで一桁ではないとわかる。

「クルシュ、一応逃げる準備だけはしてくれ」

「わ、わかりました。で、でも、ソーマさんは？」

「俺はラーレと一緒に時間を稼ぐ。どこまでできるかはわからないけどな」

「だ、ダメよ!? こ、ここは私1人で十分よ！ だからあんたも早く逃げなさい！」

「いや、こんな危険なところにラーレ1人を置いていくわけにはいかない。だから、ここは俺も──

──」

俺たちが言い合っているとシロが不思議そうに聞いてくる。

「えっと、あのくらいなら雑魚だから、パパッと倒して、この場を離れない？」

「それができたらすぐにするんだけど、さすがに数が多すぎる──」

「別に数が多くても関係ないよね？ 倒す？」

シロが不思議そうに聞いてくる。

「倒せるなら倒したいが──」

「うん、わかったよ。えいっ」

シロが三つ叉の槍を一度振るとその瞬間に、遠くの方から爆発音が聞こえてくる。

「聖魔法、『神の裁き』だよ。これでもう魔物がいないはずだよ」

ポカンと口を開けて、黙々とあがる黒い煙を眺めていた。

さっき鳴っていた爆発音はこの魔法のことだったんだな……。

それを平然と軽々に……。

「えっと……、そ、それが聖魔法……なのか？」

どちらかと言えば、魔女とか賢者とかが使いそうな凶悪な魔法に見えるのだけど……。

「見ての通りだよ？」

「全然見ての通りじゃないわよ!?」

「そ、そうだな。いや、助かったからいいのか？」

「シロちゃん、魔法の力は圧倒的だから……。その……ちょっと攻撃面に振ってるだけで――」

「えっへん、これでも聖女だからね！」

「全然聖女じゃないだろ!?」

思わず声出してしまった。

「それよりも、さっきの爆発音でまた魔物が来るんじゃないの？　この場にいたら危ないわよ!?」

「それもそうか。とりあえず、移動しよう……」

色々と聞きたいことはあるものの、とりあえずこの場は移動することにした。

別の場所へ移動して、ようやく一息つくことができた。

「はぁ……、はぁ……、さ、さすがに疲れたな……」

襲われないように小走りで移動した影響で、俺は息が上がっていた。

「そ、そうですね……。わ、私もさすがにもう……」

クルシュも同様に肩で息をしており、何とか喋っている状況だった。

「あんたたち、もう少し鍛えないとダメね」

「クルシュちゃんは相変わらずだね。食堂から食い逃げで捕まったときも、似た状況だったもんね」

「し、シロちゃん⁉　そ、それは私のせいじゃなくて、シロちゃんが夜中に急にお腹が空いたって言ったから……」

「私1人なら余裕で逃げ切れたんだけどね」

「いやいや、食い逃げは捕まった方がその人のためだぞ？」

苦笑を浮かべながら、2人の話に口を挟む。

「それより、そろそろお互いの自己紹介をした方が良くないか？　もうずいぶんとわかってしまったが――」

「そ、それもそうですね。シロちゃん、お願いしてもいいですか？」

「もちろんだよ。まっかせてー！」

片手を上げて元気いっぱいに答えるシロ。

どこか不安が残るな……。

俺は眉をひそめながら、シロのことをジッと見る。

しかし、意外にも彼女はしっかりとした挨拶をしてくる。

「申し遅れました。私はシロ。王都で聖女をやっております。どうぞお見知りおきを」

「シロ……？」

お淑やかな態度での挨拶。

あまりの変わりようにクルシュは驚きの言葉を口にしていた。

たしかにこれは俺ですら少し驚いてしまう。

ただ、すぐにその表情はすぐにいつものものに戻っていた。

「えへへっ、聖女になってから挨拶をすることが増えてね。無理やり叩き込まれたんだ」

「まぁ、そうなるよな」

神の御使いで、教会のトップ。

さすがに人前に出て挨拶をするときくらい、体裁を整えたい訳だ。

「それで、改めて聞くが、どうしてこんな場所に聖女様が1人でいたんだ？　まさか本当に教会を抜け出したんじゃないよな？　何か重大な使命があったんだよな？」

念のために再度確認をする。

できればそうあってほしい、という願いを込めながら。

しかし、現実はあまりにも無情だった。

「えとぇと……、それはその……、お腹が空いてついついやっちゃった？」

てへっとかわいく舌を出しながら言ってくる。

「……はぁ？」

一瞬俺は聞き違えたのかと思い、声が漏れる。

しかし、シロの態度を見て、これが事実だと思い知らされる。

「ま、待ってくれ⁉　本当にその理由なのか？」

「うんっ！　もちろんだよ！」

今度は満面の笑みを見せてくる。

その表情によって、シロが言っていることが真実だと否が応でも理解させられてしまう。

「わ、わかった……。仮にそれが真実だとしよう……」

「真実ですよ……？」

「それで、シロはこれからどうするんだ？　もう王都に帰るのか？」

俺としてはその方が問題が起きないので助かるが……。

しかし、シロはすぐに首を振ってしまう。

「まだまだ帰らないよ？　それにお兄ちゃん、今日は泊めてくれるんだよね？」

上目遣いで俺のことを見てくる。

そ、そんな約束してたか？

俺はタジタジになりながら、後ろにいたラーレに助けを求める。

しかし、彼女はため息を吐いて、動こうとはしなかった。

「はぁ……、あんたね、さっき言われてたでしょ？　一宿三飯のお礼に……って」

「あっ……!?」

色々とそれからトラブルがあって、抜け落ちてしまっていたけど、確かにシロはそんなことを言っていた。

つまり最低でも、今日一日はシロを泊めないといけないのか……。

「しかしな……、俺の領地にはまだ宿はないからな……」

こういった急な来客時にどうしても困ってしまう。

その点も早く解消しないといけないことの一つだろう。

「大丈夫だよ。私はクルシュちゃんと一緒のベッドに寝るから」

「そうですよ、シロちゃんは私と一緒のベッドに……、えっ!?」

クルシュが笑顔でシロの言った言葉を反芻していたが、途中で固まっていた。

「ど、どうして、同じベッドで寝るのですか!?　べ、別にベッドは予備がありますから……」

「別に昔は一緒に寝ていたよね？　何もおかしいことじゃないよ？」

シロはさも当然のように言ってくる。

「い、一緒に寝ていたのは、まだ子供だったときのことですよ!?　も、もう一緒に寝る必要なんてないのですよ？」

「そんなことを言って……。もう、昔1人でトイレにも行けなかったのは――」

「わー、わー。な、な、何を言おうとしているのかな、このポンコツ聖女様は……」

クルシュが大慌てしながらシロの口を押さえていた。

「まぁ、クルシュと一緒の部屋に寝るのはいいんじゃないか？　久々に会ったのなら、積もる話もあるんじゃないか？」

「そ、それはそうですけど……。はぁ……、わかりました。それなら、一緒の部屋で寝ましょうね」

「わーい、久々にクルシュちゃんと一緒のベッドだー！」

「べ、ベッドは別のを使いますからね!?」

「それじゃあ、早速その領地へゴー!!」

「待て待て！　まだ俺たちがここに来た目的を果たせてない！」

シロが俺の領地へと行こうとするので慌てて止めていた。

せっかくこの遠くの森までやってきたのに、何もせずに帰るのはもったいない。

いや、聖女であって、クルシュの友達でもあるシロと出会えただけでも十分すぎる成果と言っても過言ではないのだが――。

「あっ、それもそうですね。毒草を探しに来たのですよね？」

「そ、そうよ！　とっても大事なことだから忘れたらダメでしょ!?」

ラーレ自身も忘れていたのだろう。今更ながら慌てていた。

「毒草？」

シロは不思議議そうに首を傾げる。

それもそのはずだ。

いきなり毒のある草を採りに来たと言われても、怪しむことしかできないからな。

「あぁ、それで万能薬を作ることができるんだ。ただ、なるべく等級の良い毒草じゃないと、作れる万能薬の性能も落ちてしまうんだ……」

「なるほどね、わかったよ！　それじゃあ、私も協力してあげるね」

シロは名案とでも言いたげに、ポンッと手を叩いていた。

「それじゃあ、そろそろ三食目を――」

「よし、出発するか！」

「そうですね。行きましょう！」

「さっさと出発するわよ！」

「あー……、待ってよー！」

先に出発する俺たちの後をシロが必死に追いかけてきた。

◇◇◇

「ごーはん、ごーはん、おいしいごーはんー♪」

シロが楽しげに歌いながら、後を付いてくる。

その口にはどこで拾ったのか、薬草が咥えられていた。

「やっぱり草はイマイチだね。晩ご飯が楽しみかも……」

「……晩ご飯は字のごとく夜だぞ?」

「夜……。そこまでお腹持つかな……」

お腹をさすりながら、小声で不安を呟く。

「頑張って耐えてくれ。用事が終わったらすぐに領地へ戻るからな」

「領地に戻ったら、たくさんのお食事が待ってますよ」

クルシュが笑顔で手を合わせながら言うと、シロが目を輝かせていた。

「食べ物!? わかった、私も手伝う! 毒草を探せばいいんだね!? 任せて! こういうのは得意なんだよ!」

聖女見習いだったクルシュに『採取』スキルがあったように、もしかして聖女であるシロにも『採取』スキルがあるのだろうか?

それなら、ここは任せてもいいかもしれない。

ただ、本当にシロが毒草のことをわかっているのか不安になったので、一つ質問を投げかけることにした。

「ちなみに、聖女はどういうものが毒草なのか分かっているのか?」

「もちろんだよ! 食べられない草が毒草!」

当然のごとく言い切ってくる。

それを聞いた瞬間に俺は頭が痛くなってきたのだった。


実際に毒草を探し始めてからも、シロは楽しそうに鼻歌を歌っていた。

その楽しげな様子を見ていると不安しか残らなかった。

そして、その不安はすぐに的中することとなる。

「わわっ、おいしそうなキノコを発見！　いっただーきまーす!!」

突然、木陰に生えていたキノコを口にしようとする。

しかし、俺の水晶にはそのキノコの種類がはっきりと浮かんでいた。

【名前】　痺(しび)れ茸
【品質】　Ｄ［キノコ］
【損傷度】　0/100
【必要素材】　Ｃ級魔石（1/10）
【錬金】　Ｄ級キノコ（0/20）→痺れ薬（Ｄ級）

「待て待て！　それを食ったら痺れて――」

「あうぅぅぅ……、ビリビリしますぅ……」

既に手遅れだったようだ。

俺は思わずため息を吐いてしまう。

「わわっ、だ、大丈夫ですか、シロちゃん!?」

「だ、だいじょうぶらないよぉ……」

既に舌も回っていないようだった。

俺はカバンの中から回復薬を取り出す。

「これで大丈夫か？　……いや、キノコの痺れなら万能薬の方が良いのか？」

ただ、さすがに万能薬は持ってきていない。

仕方なく、ランクが低くても構わないので、毒草を拾う。

そこから万能薬を作り上げると、大慌てでシロに飲ませる。

いや、痺れてまともに飲めないようなので、顔に掛けているだけになっている。

しかし、それでもすぐに痺れが治まったみたいで、すぐに謝ってくる。

「ご、ごめんね……。助かったよ……」

「あ、あははっ……、気をつけてくれよ。まぁ、大抵のことは聖魔法でどうにかできると思うけど
……」

「聖魔法で？　自分を爆発させるの？」

「……爆発？　えっ？」

思わず聞き返してしまう。

聖魔法はどちらかと言えば、回復系のイメージが強いんだけど、違うのか？

「えっと、シロちゃんの聖魔法は特殊なんですよ……。基本攻撃魔法です……」

「あははっ、一撃粉砕だよー」

「それのどこが聖女なのよ!?　どう見ても魔法使いじゃないの！」

ラーレが思わずツッコミを入れてしまう。

うんうん、その気持ちは良くわかる。

俺自身もそのツッコミを入れたかったほどだ。

「クルシュ、本当にシロは聖女なんだよな？　間違いないんだよな？」

「えっと、……はい。間違いないのですけど、本当に昔から変わっていないのですね……」

クルシュも苦笑を浮かべていた。

「あんな子が聖女だなんて、本当に大丈夫なの？　頭がおかしいの？　馬鹿なの？」

ラーレと全く同じことを俺も思ってしまった。

すると、クルシュは遠い目をしながら言う。

「ああ見えても、魔力は見習いの中で最高でしたので……」

なるほど……。聖女の任命自体も魔力で決めているのなら納得だ。

確かに魔法の威力自体は圧倒的だった。

それなら本人の聖女の適性等は関係ないのだろう。

「大変な目に遭ったよ……」

シロは冷や汗を流しながら、川から汲んだ水を飲んでいた。

「その辺の草を拾い食いするからよ」

呆れ口調でラーレが言っていた。

「うん、反省したよー。これからはなるべく美味しくない草は食べないようにするね」

「なるべく、じゃなくて食べたらダメよ!?」

ラーレが思わず口を挟んでいた。

すると、そんな彼女を窘めるようにシロが言ってくる。

「人間はものを食べないと死んでしまうんだよ、猫ちゃん」

「ね、猫じゃないわよ!? 私はラーレよ!?」

「ラーレちゃんだね。じゃあ、これから猫ちゃんと呼ぶね？」

「どうしてよ!? 私はラーレって言ったでしょ!?」

「ほらっ、猫ちゃん。またたびだよ」

シロがどこから持ち出したのか、毒草をラーレに近づけていく。

「にゃー。って、違うわよ!? それに、それはまたたびじゃなくて、毒草じゃないの！」

「似たようなものだよね？」

「全然違うわよ!?」

ラーレは少し息を荒くして、顔を真っ赤にしながら反応していた。

ただ、シロの方は平然と顔色ひとつ変えずに、淡々と答えていた
「まぁまぁ。2人とも、漫才はその程度にしてくれるか？ ここはちょっと危険な森だからな」

さすがにこのまま続けさせるわけにもいかないので、注意をする。

すると、シロはあっさり引き下がる。

「うん、わかったよ」

「ま、漫才なんてしてないわよ!?」

「あ、あははっ……」

薄暗い森の中で楽しい会話が響きわたっていた。

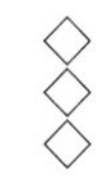

目標である高ランクの毒草はなかなか見つからなかった。

今回見つかったものはB級の毒草が一本。

そして、それを見つけたのは、まさかのシロだった。

もしかして、本当にシロも採取スキルを持っているのかもしれない。

ただ、この毒草を拾ったのがクルシュだったなら、俺のバフ能力と合わさって、A級毒草になっていたのだろうか？

その場合ならS級万能薬まで、一歩前進していたのに。少し残念だな……。

まぁ、ここで焦っても仕方ないか。

ここにランクの高い毒草があるとわかっただけでも一歩前進だろう。

「さて領地に帰るか」

「そうですね」

クルシュが俺の言葉に同意してくれる。

すると、シロが両手を挙げて喜んでいた。

「わーい、ご飯だご飯」

「さっきまでずっと食べてたわよね!? キノコだけでも大変だったのに」

ラーレが呆れた表情を見せていた。

「腹が減っては戦はできぬって言うもんね」

両手を合わせてうれしそうに目を細めてくるシロ。

すると、すぐさまラーレが反論をする。

「戦なんてないわよ!?」

その言葉に俺たちも同意する。

「ここ最近は戦なんてないですね」

「平和な領地だからな……」

俺とクルシュが頷いていた。

「ところで、シロを本当に連れてきて良かったのか?」

相手は聖女……。一応料理をご馳走することになっているが、勝手に連れてきて、誘拐したとでも思われたらどうしよう?

そんな不安が脳裏を過ぎる。

「大丈夫でしょ。あっちが勝手に付いてきてるんだから」

「あははっ……、まぁ、そうですね。ご飯を食べたら、大人しくなって帰ってくれると思いますよ」

確かに一宿はする予定らしいけど、そこまでしか言われてない。

それなら気にせずに、むしろ盛大にもてなして心地よく帰ってもらった方が、この領地にとってプラスになりそうだった。

「わかった。それならできる限りのもてなしをさせてもらおうか。ユリさんに料理を作ってもらえるか聞いてみよう」

「わかりました。領地へ戻ったら聞いてみますね」

◇◇◇

それから、まっすぐに領地へと戻ってくると、クルシュはユリさんを呼びに行ってくれた。

その間に俺たちでできることをしておこう。

「……野菜は取ってきた方がいいか？」

「あっ、私が取ってこようか？」

「うん、お願いできるか？」

「わかったわ。仕方ないわね」

ラーレが畑の方に向かって走っていく。

そして俺はシロと2人きりになった。

「泊まる場所だけど、この領地には普通の家しかないんだ。どこかの空き家を使う形でいいか？」

「寝れたらどこでもいいですよ。後はおいしいご飯があれば――」

「ははは、ぶれないな。任せておけ、この領地一番の料理人を連れてくるからな」

「それは楽しみですね」

それからクルシュが戻ってくるのを待った。


クルシュが戻ってくるとその横には、エプロン姿のユリさんがいた。

「ユリさん、いきなり呼び出したりして悪かったな」

「気にしなくていいよ。料理を作るのは好きだし、それに大切なお客様なんだよね？」

「まぁ、無碍（むげ）にすると厄介なお客さんだな。だから助かるよ。その、ちょっとよく食べる人だから、料理は大量にいるかもしれないけど……」

「好きなだけ作って下さい。きっと足りないので……」

先ほどまでの食べっぷりを見ていた俺とクルシュは苦笑しながら伝える。

すると、ユリさんは腕まくりをして、気合いを入れていた。

「分かったよ。腕によりを掛けて作るね」

「それで材料の方だけど、ラーレが野菜を取りに行ってくれてるから。もうすぐ帰ってくると思うけど……」

ちょうどそのタイミングでラーレが戻ってくる。

ただ、その手には想像よりも大量の野菜を持ってきた。

「これで足りるかしら？」

すると、シロはにっこり微笑みながら言う。

「そうだね。夜は少なめの方がいいって言うもんね」

「……少なめ？」

優に10人ぐらいは食べられそうなほどの量があるのだけれども……。

ただ、これがシロという人物だった。

「これは腕がなるわね」

ユリさんが嬉しそうにしていた。


そして、しばらくすると、目の前に大量の料理が置かれていた。

「これでいいかな？」

「そうだな。かなりの量だな……。バルグさんたちも連れて来るか？　一緒に食べよう」

「うん!!　すぐに呼んでくるね」

ユリが大急ぎでバルグを呼びに行く。

ポツポツと人が集まってきて、いつしか領地内でパーティーが始まっていた。

皆が思い思いに騒ぎ、持ち寄ったたくさんの料理が並び、シロが手に持ち切れないほどの料理を持ったうえで、口の中にもたくさん入れていた。

そして、その騒ぎは日が変わるまで続いていた。

次の日になると、俺の家に集まって朝食を取っていた。

「むしゃむしゃむしゃ……」

「あ、相変わらず朝からよく食べるわね」

目の前に大量に置かれた料理を見て、ラーレは苦笑を浮かべていた。

ただ、まだ寝起きのようで、ツッコミに切れがない。

眠たそうに瞼（まぶた）を擦っていた。

「朝はたくさん食べないと1日の元気が出ないからね。ほらっ、猫ちゃんもこれを食べていいから」

「ありがと……。って、これは毒草じゃないの!?」

もらった草を咥えた瞬間に、大きく目を見開いてその草を床にたたき付けていた。

「もったいないよ？　せっかくおいしい草なのに……」

「おいしくないわよ!?　むしろ食べたらダメな奴よ!?」

だんだんと切れが戻っていく。

「朝から騒々しいな……」

「あ、あははっ……」

ラーレたちの様子を苦笑いで見ていた俺たち。

クルシュが作ってくれた朝食を食べながら、ぼんやりとしていた。

「それで今日にシロは帰るのか？」

一泊だけ泊めることしか約束はしていない。

でも、この様子だとしばらくこの領地に泊まっていきそうだったので、尋ねてみた。

「うん、そのつもりだよ？　たくさんご馳走してくれてありがとうね。朝もたくさんのサラダを食べちゃったよ」

「あ、あははっ……、き、気にするな……」

思わず引き攣った笑みを浮かべてしまう。

それもそのはずで、シロは畑にある野菜をいつの間にか全部食べてしまっていた。

しかも、それをサラダと言い張る始末で……。

明日には生えてくるものなので、今日のところは貯めてある在庫で賄うしかないようだ。

「それよりも王都まで１人で帰れるのか？」

「大丈夫だよ。１人抜け出して……、ううん、お忍びで来たから。でも、しばらくはおいしいご飯とお別れだね……」

どこか残念そうな表情を浮かべるシロ。

どこまで行ってもご飯基準のようだ。

勝手に抜け出したのなら、今頃王都では騒ぎになっていそうだ……。

「それよりもクルシュちゃん、いつでも戻ってきてくれていいからね？　それなりの役職に就けるように取り計らうよ？」

「いえ、私はソーマさんと一緒に頑張っていくと決めたので……。だから、いくら聖女様の頼みであっても……」

「――それは残念だよ。でも、クルシュちゃんが幸せならそれでいいよね。あれっ？　そこに置いてあるのって、もしかして――」

シロは俺の家に飾ってあるピコハンが気になるようだった。

……飾っているというのは美化した言い方かもしれない。

適当にテーブルの上に放置していたピコハンにシロが反応していた。

見た目はただのピコハンだが、これでも立派な神聖武器だ。

未だに信じられないが……。

アルバンがこの領地へ来たのも、あのピコハンが理由だったりするほどのもの。

だから、シロが気になっても仕方ないだろう。

「別に触ってくれてもいいぞ？　一応俺のものだけど、大したものじゃないからな」

「た、大したものですよ⁉」

クルシュが驚いた様子を見せていた。

俺からしたらどっちでもいいものだけど、他のみんなからしたらとても大切なものだった。

神より授けられし、神聖武器。

攻撃力もまともになく、何もスキルを持たない勲章（くんしょう）タイプの武器なので、飾る以外に使い道がないものだったが……。

ただ、聖女様であるシロがそれを無碍に扱うとは思えないので、安心して渡すことができた。

「やっぱりそうだよね。もしかして、これって神聖武器？　この辺りに現れたってお告げを出したもんね……」

シロの目が光ったような気がする。

もしかして、これを探すためにここへ来たのだろうか？

「そうだぞ？　武器として使えないものだけどな」

「それはまだ真の力を発揮していないだけだよね？　神がこれを授けたってことは、いつかこの武器を使う時が来るということだよね？　そして、これを授けられたお兄ちゃんは神によって、何かの使命を与えられし存在……。うん、なるほど……、わかったよ！」

シロは何か納得したように大きく頷いていた。

それを見たのでは何だか嫌な予感がする。

「えっと……、何がわかったんだ？」

「もちろんお兄ちゃんが神の御使い様ということだよ。つまり、お兄ちゃんを助けることが聖女の役目なの!!」

そこから後の言葉は聞きたくなかった。

思わず耳を塞ぎたくなる。

「あーっ、それよりもあんまり遅くなると日が暮れてきてしまう。ほらっ、町の外まで案内するから行こうか」

「ううん、私はここでやることができたよ。この領地に住む!!」

やっぱりこうなってしまうのか……。

さすがに聖女が定住してしまうと、国に目をつけられてしまう。

もう目をつけられているかもしれないが……。

それでも、これ以上大事にはしたくなかった。

「あー……、その申し出はありがたいが――」

「私の家はどこにしようかな？　どこが空いてるの？」

「あっ、それなら私が案内しましょうか？」

クルシュが好意から申し出てくれる。

その表情は晴れやかで、聖女まで俺の領地に住んでくれることに素直に喜んでくれているようだった。

ただ、クルシュ、違うんだ……。

これ以上、トラブルの種は抱えたくないだけなんだ……。

しかし、そんな思いとは裏腹に、クルシュたちは笑顔で家探しに入ってしまった。

仕方ない。アルバンが戻ってきたら、教会に口を利いてもらおう。
諦めにも似た表情を浮かべると、俺も一緒になって家探しを手伝うのだった。

◇◇◇

結局シロはクルシュの隣の家に住むことになっていた。
そして、俺が望まないにも拘わらず領民となったことでシロのステータスも見ることができるようになった。

【名前】シロ
【年齢】16
【職業】聖女
【レベル】28（0/4）
『筋力』5（214/300）
『魔力』80（624/4050）
『敏捷』20（6/1050）
『体力』7（95/400）
【スキル】『聖魔法』14（651/7,500）

『空腹』 5 (984/3,000)
『逃げ足』 7 (1,158/4000)
『説得』 2 (63/1,500)

本当に聖女で間違いないようだった。

しかも、昨日使っていた爆発も聖魔法だったことがこれで証明されてしまった。

ただ、問題はいくつかある。

まずはシロ自身に『採取』のスキルはないこと。

ここから昨日の毒草がもしクルシュが見つけたものだったら、AないしはSランク相当の毒草だったことが証明されてしまった。

これはかなりもったいないことをしたかもしれない。

しかし、今更そんなことを言っても仕方のないことだった。

ただ、その頃よりももっと気になることが他ある。

「なんだ、このスキル⁇」

理由はわからないのだが、シロのスキル欄に『空腹』なんてものがあった。

ただ腹が減るだけの能力?

そんなもの、バッドスキルにしか思えないのだけど……。

ただ、調べてみないことにはなんとも言えない。

俺は更にそのスキルを詳細に表示することにした。


『空腹』

腹が減っては戦ができない。つまり、空腹を満たせばいくらでも戦争ができる。

食事を取れば、その量、その回数に応じて、魔力経験値に加算される。


まさかの経験値増加系スキルだった。

これだけみると大当たりの部類だ。

しかも、シロのステータスを見る限り、本人が意識していないにも拘わらず大成功の結果に収まっている。

「なるほどな……、いくら食事しても腹が減るのは、食べたものを自動的に経験値へと変換しているからか。いくら食べても空腹を満たせない……。あれっ？　やっぱりバッドステータスか？」

判断に困るスキルだ。

そして、レベルだけど、アルバンとほぼ同等。

この領地に住むのなら十分に戦力として数えても良いほどのレベルではあった。

特に今はアルバンとエーファが出かけている。

とてもありがたい存在だ。

「さて、……シロのことをなんて話そうか?」

俺は机の前に座ると、必死に手紙と向き合っていた。

宛先は教会。

ここにシロがいることを報告して、決して誘拐目的ではなく、勝手に来たことを伝えようとして、こういう手段になっていた。

しかし、いざ書くとなるとどうしても筆が止まる。

「あーっ!! そもそも俺は誰に対して送ればいいんだ!? 教会の最高責任者って一体誰になるんだ!?」

「あれっ? 手紙? 教会の最高責任者ならわざわざ送らなくても直接言葉で発してくれてもわかるよ?」

もしかして念話とかそういった類いの魔法も使うことができるのだろうか?

それなら確かに便利だが、そもそもここは俺の私室。

どうしてシロが部屋の中にいるんだ?

「クルシュちゃんに呼んできて欲しいって言われたんだ。お兄ちゃん、考えごとをしているときは周りが見えなくなるからって」

「べ、別に周りが見えないわけじゃないぞ?」

「でも、お兄ちゃん、シロがこの部屋に入ってきたことも気づいてなかったよね？　一応ノックはしようとしたんだからね」

「それは気づかなくて悪いな……。って、しようとしただけなら気づくはずないだろ!?」

「だって、お兄ちゃんが中で気になる話をしていたからついついね。それよりも、伝えることって何かな？」

「あぁ、悪い悪い。ここにシロがいることを伝えた方がいいかなって思ったんだ」

「うん、確かに聞いたよ。でも、私のことならわざわざ言わなくていいのに……」

「いや、領主としてそこはしっかりしておかないといけないところだからな。これからこの領地にシロが住んでいく以上避けられないことだ」

「だって、その教会の最高責任者が私だからね？　聖女は教会のトップだよ？」

「へっ??」

だって、昨日の話を聞いていると、誰か教会のトップがいて、その人が見習いを集めて聖女教育を施(ほどこ)しているだけ……だと思っていた。

でも実際は全く違うようだった。

「私、トップ。お兄ちゃんが言いたいこと、把握。おけー？」

「あ、あぁ……。大丈夫だ」

でも、これは手間が省けてくれる。

一応もう一つシロにお願いをしておこうか。

「それならここにシロがいることを一応教会の人に伝えてくれるか？　もし探していたら困ることになるだろう？」

「だ、大丈夫だと思うよ⁇　ほ、ほらっ、私は別に探すような人ではないからね？」

さっきまでの話は淡々と答えていたのに、急に歯切れが悪くなるシロ。

「――もしかしてここにいることがバレたくないのか？」

「そ、そそ、そんなことないよー⁉　私がここにいることは教会のみんな知っていることだからね？」

昨日の会話とは全く違うことを急に言い出すシロ。

その時点で嘘をついていると言うことがわかってしまう。

「まぁ、いいか。どうせ俺が送らないといけないんだからな」

「わ、わかったよ。わ、私は行くね？」

今すぐにでもこの場から逃げ去りたい……、という思惑をひしひしと感じる。

まぁ、今ここでとどめておく理由もないので、扉を開けてシロを見送っていた。

手紙を送った後、俺はシロについて考えていた。
この領地に来てもらったのはいいけど、この領地にはまだ教会はない。
一から作った方がいいだろうか？

そんな疑問も浮かんでくる。

しかし、今は考えないことにした。

どうせ、教会を作る素材が集まったとしても――。

言葉の途中で、脳内にファンファーレのようなものが鳴り響いていた。

誰かのレベルが上がったらしい。

いや、違うか。

どうやら新しく作れる建物が増えたようだった。


『現在建築できる建物になります。どちらを建築しますか？』

↓古びた小屋
古びた家
壊れかけた教会

材料が足りているのか、もう教会を建築することができるようになっていた。

まぁ、『壊れかけた……』と付いているのは、古びた小屋とかと同様で、一番最初に作れる低ランクの建物……、ということなのだろう。

ただ、これも詳細を調べたらはっきりすることだった。

【名前】　壊れかけた教会
【必要素材】　D級木材（15,000/10,000）
【詳細】　いつ倒壊してもおかしくないほど、ボロボロになっている教会。神を信仰するのに場所は問わない？　木製の神体が置かれている。

ボロボロの建物なのにD級の木材を使うのか。

でも、材料自体はかなり前から持っていた。

つまり、この教会を作れるようになった理由は、やっぱり聖女であるシロがこの領地に来たことが理由なんだろうな。

今は建築を担当してくれているアルバンがこの領地にいないので、作るのはどうかと思うが、それでも早めに作った方が良いだろう。

建築途中に戻ってきてくれて手伝ってくれるかもしれない。

そこまで考慮すると、今すぐにでも建築をする……という選択肢になってくる。

「ええい、ままよ！」

目を閉じながら、建築するの選択肢を選ぶ。

すると、例のごとくいくつもの木材が現れる。

それと同時に表示される制限時間。

『120:00:00:00』


今回はかなりの時間があるようだ。

その分、作業も複雑化されており、今まで付いてこなかった作成手順が書かれた紙もポツンと出てきた。

木をどのように切るのか。どうやって組み立てていくのか。そして、完成図。

ここまで付いているのなら俺たちだけでも何とか作れそうだ。

材料の確認をしていると、ラーレが現れる。

「また何か作るのかしら？」

ずいぶん慣れた様子で、ラーレも俺と同じように材料を調べていた。

「また住宅かしら？　でも、この綺麗なガラスは何？　今までなかったわよね？」

「いや、これは教会だな。聖女がいるのに教会がないのも変だろう？　あと、聖女を見るために人が来てくれるかもしれない。そこまで見越して作っておいた方がいいかなって思ったんだ」

「確かに人は来そうね。でも、そうなってくるともっと店が欲しくない？　今あるバルグさんのお店でなんでもそろうって言っても、やっぱりお店がたくさんあるのは雰囲気がいいわよね？」

「それもそうだな。早く誘致したいところだな」

ただ、肝心の人の伝手が俺にはない。

いや、クルシュとラーレをこの領地に連れてきてくれた行商人くらいか。

「あの行商人、最近見かけないけどどこにいるんだろうな？」

「私のことを呼びましたか？」

ふと気になった瞬間に、どこからともなく現れる商人。

ただ、その態度は以前と全く変わらず、へこへことした笑みを浮かべていた。

「ちょうどいいタイミングだな。まるで図っていたようだ」

「いて欲しいタイミングに現れる。それが私のモットーですからね」

「それなら俺の要望もわかっているんだな？」

「もちろんにございます。だから、私もこちらへ引っ越してこようと準備しております」

確かに商人の後ろには大量の荷物が積まれていた。

「い、いいのか？　ここは辺境であまり客は来ないと思うぞ？」

「いえ、私の目に狂いがなければこれからこの領地は繁栄していく、と踏んでおります。だからこその先行投資です。商売はギャンブル。当たるも当たらないも賭けにございますので、ソーマ様はお気になさらないでください」

「いや、お前がそれならいいんだが……」

ただ、信用しても良いものか……。

いや、それは水晶を見たらはっきりとわかるか。

さっそく俺は商人を調べる。

……。

うん、表示されない。

やはり、何か別の思惑があるようだ。

この商人、ビーンはここの領民になるつもりはなさそうだな。

「家は適当に使ってくれ」

「はい、ありがとうございます」

ビーンは笑みを浮かべながら頭を下げていた。

◇◇◇

とりあえず、今はビーンのことを気にしていても仕方ない。

それよりも先に教会を完成させないといけない。

俺は完成図を見ながら、ゆっくりと作り始める。

その横でラーレも色々と手伝ってくれる。

すると、そんな俺たちの下にクルシュやシロが近づいてくる。

「ソーマさん、今日も建物の建築ですか？」

「あれっ、この完成図って？」

シロが勝手に俺の持っていた図面をのぞき込んでくる。

「あぁ、教会だな。シロがいるのに教会がないとダメかなと思ったんだ」

「ありがとうね。なら、もちろん私も手伝うよ！」

「それなら私もお手伝いしますね」

シロとクルシュも教会建築の手伝いをしてくれることとなった。

まぁ、あまり建築に詳しくない四人が作っていった結果、ただでさえボロボロの建物が更に歪な形になっていく。

それでも、何もないよりはいい。

むしろ、その歪な形が俺たちらしいかもしれない。


そして、教会は予定よりもずいぶんと早く完成していた。

完成した……と言ってもいいのか悩むところだけどな。

「なんだか変な形じゃない？」

「そんなことないですよ。私たちの努力の結晶ですよ」

「あははっ、変な形ー」

シロが大口を開けて笑っていた。

「まぁ、形はどうしてもアルバンと作ったものを比べるといまいちだけど、それでも俺たちが作ったものだからな。味が出ている……と言えばいいか？」

「そ、それに教会があるってことは、仕事に復帰――」

「ご飯が寄付して貰えるね!!」

シロが笑みを浮かべていた。

「ご飯基準なんだな、相変わらず」

「ご飯は命の源、神のお恵みだからね。聖女たる者、そこを疎かにするわけにはいかないよ」

「ま、まぁ、それは間違いないのか……。ものは言いようだな……」

みんなで完成を祝い合っていると、商人であるビーンが感心したように近づいてくる。

「ついに完成したのですね。そして、あなた様が聖女様……。初めまして、私は商人をしておりますビーンと言います。この領地でも商いをしております。以後お見知りおきを」

そう言いながらビーンがそっと、金品を差し出してくる。

賄賂（わいろ）……というものだろう。

上の者とつながりを持つためには当然と言えば当然のことだろう。

ただ、相手がシロと考えるとまた別のことだった。

受け取った金の延べ棒をそのまま口へと運んでいた。

そして――。


ガチッ!!

思いっきり延べ棒をかじっていた。

「固っ⁉　まず⁉　ぺっぺっ……」

即座にその場で吐いていた。

「ははは、シロには効果がなかったな」

「えぇ、そうみたいですね。また今度は別のものを用意させていただきますね」

ビーンも苦笑をしながら、吐かれた金の延べ棒を拾っていた。

「では、教会ができたと言うことで、ちょっと私も仕事をしてきますね」

ビーンはそれだけ言うとその場を去って行った。

そして、彼が何をしに行ったのかわかるのは、しばらくしてからだった。

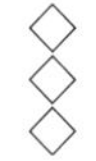

いつの間にシロがここにいるのが広まったのか、領地の知名度がグッと上がっていた。

確かに聖女がここにいるのだから、人が来ることは何もおかしくない。

元々、王都の教会に人が集まっていたのも聖女がいたからなのだから……。

そっちに行っていた人が流れて来ても何もおかしくない。

大量の人が来た結果、この領地には今まで以上に人が訪れていた。

そして、人の集まるところに商売がある。

バルグの商店はもちろんのこと、新しいお店がいくつか出来上がっていた。

武器屋、防具屋、後は食材の置かれた店や細々とした雑貨屋。

もちろん、それらはビーンが用意したもの。

そして、たくさんの領民や商店が増えたことで、領地レベルが順調に上がっていた。

【領地レベル】 4 (19/32) [村レベル]
『戦力』 13 (2/80) [人口] (17/23)
『農業』 9 (1/50) [畑] (8/9)
『商業』 10 (1/55) [商店] (6/9)
『工業』 15 (21/90) [鍛冶場] (1/1)

この調子で上げ続けたら次の領地レベルまでもすぐに上がってくれるだろう。

まだまだ先は長いけど……。

「あはは……、すごい人ですね」

クルシュは苦笑を浮かべていた。

「そうだな、さすがは聖女だ」

「シロちゃんを呼び寄せたのも、ソーマさん自身のお力ですよ?」

「俺は特に何もしてないんだけどな……」

多くの人が来てくれたことがメリットの一つ。

そして、次のメリットだが……。

「せ、聖女さま！　怪我人が!!」

「すぐに連れてきて」

「聖魔法を……。聖魔法をお願いします……」

「えっ!?　聖魔法でいいの？」


ドガァァアン!!


うん、いつものシロらしい……。

俺は慌てて、回復薬を届ける。

そして、回復魔法を使えないシロのために回復薬を大量に教会に寄付することを決めていた。

やはり、回復をしてもらおうとすると、みんな教会へと行ってしまうからな。

でも、その結果、いち早くけが人の把握ができることと、治療をすることができた。

その素早い対応のおかげで冒険者の数も増えていた。

彼らは領地に定住することはないものの、安心して魔物狩りができることもあり、近くの森でたくさん見かけていた。

これは近くの森に危険な魔物が多くいる俺の領地だと凄く助かることだった。

更に安全に魔物を倒せると、冒険者の数が増加し、危険な魔物の数も減少していた。

更に更に、魔物の素材も大量に俺の下へと運ばれていた。

「素材増えるな……」

「ありがたい限りですね」

「ちょっとあんたたち!! こっちの手が回ってないんだから手伝いなさいよ！」

大慌てのラーレが俺たちを呼びに来る。

その手には運ばれてきた大量の素材を抱えていた。

「あー、わかったよ、今手伝う。クルシュは一応聖女を見ていてくれるか？」

「わかりました。食材を持って側で待機していますね」

「そうだな、それで頼む」

クルシュに頼むと、俺はラーレの後についていった。

昼過ぎまでシロの治療は続いていた。
そして、シロの腹の音が鳴ると解散となり、すぐにクルシュの元へと近づいてくる。
そして、クルシュが持っていたサンドイッチを大喜びで食べていた。
「クルシュちゃんは食べないの？」

「私はもう頂きましたよ」

「それにしても懐かしいね。昔、聖女見習いだったときもこうやってご飯を食べていたよね？」

「私が聖女見習いじゃなくなってからは別々になりましたからね。それにシロちゃんは今は聖女様ですからね」

「私が聖女になっても、クルシュちゃんはクルシュちゃんだよ！　私に色々と教えてくれた……。

そして、私を助けてくれたかけがえのない先輩だよ……」

「そうですね、懐かしいですね……。私と一緒に聖女見習いとして働いていた時のこと……」

「どうしてあの時助けてくれたの？　私のことを――。あれがなかったら、クルシュ先輩が聖女になっていたかもしれないのに？」

「そんなことないですよ。私は魔法の才能がありませんでしたから……」

そう言いながら、クルシュは懐かしい過去のことを思い出していた。

あれはまだ、クルシュが六歳になった頃だった。
クルシュは貧困街で貧しい暮らしをしていた。
その時、たまたま聖魔法の才能を持っていることを教会の人間が気づいたことがきっかけで、聖女見習いとして働くことになっていた。

どうやら新しい聖女を探している子供を集めているようだったのだ。

貧しい生活から解放される、とクルシュは大喜びで教会へと向かった。


教会では慎ましやかな生活を送っていた。

しかし、それでも貧困街の暮らしより何倍もいいものなので、クルシュは満足げだった。

朝は教会の掃除から始まり、神への祈り、聖魔法の特訓、教養を身につけるための勉強などなど、といった本来ならお金を支払わないとできない学習を無料でしてもらうことができた。

正直、あまり成績は良くなかったものの、それでも日々充実していた。

そんなクルシュの隣で、あまり乗り気ではなさそうな表情をしていた少女が、現聖女のシロだった。

「あぁ……、お腹空いたなー……」

勉学が始まって開口一番、彼女はそんなことを口にしていた。

「大丈夫？　もうすぐお昼ご飯だけど……」

もしかすると、何か事情があってまともにご飯を食べてないかもしれない……、とクルシュは心配して声を掛ける。

すると、シロは両手を挙げて喜び、クルシュの手を掴んでいた。

「お昼!!　ヤッター!!　ほら一緒に食べに行こう」

「ま、まだだよ!?　お昼の前にまず瞑想があるから……」

勉学が終わると次は魔法の力を高める瞑想の授業があった。

その後に昼食の時間となるのだが、そんなことはお構いなしにシロはクルシュのことを引っ張っていく。

「瞑想でお腹は膨れないんだよ!?」

「それはそうだけど……」

「ほら、今すぐ行こう！」

これがシロとの初めての会話だった。

もちろん、まだ昼食の時間ではないということもあり、食堂へ行っても何も料理を出してもらえなかった。それどころか瞑想をサボったということで2人して怒られてしまったのだった。

ただ、そのときにお腹が空いた彼女のためにクルシュが手料理を振る舞い、そのことで仲が進展し、教会で一番の友達となっていた。

クルシュたちが昼に抜け出した説教から解放されたのは夜だった。

笑い声を上げるシロに対して、クルシュは落ち込んでいた。

「あははは、怒られちゃったね」

「だ、誰のせいですか!?」

「クルシュ先輩のせいじゃないの？」

「私は関係ないですよね⁉　今のはどう見てもシロちゃんのせいです！」

勝手に罪をなすりつけようとしてくるシロに、クルシュは顔を赤くして反論をする。

「私はただご飯を食べようとしただけだよ⁉　何も悪いことじゃないよね？」

「まだご飯の時間じゃなかったからですよ⁉」

「ご飯の準備が遅れた方が悪いんだよ！」

「遅れてないよ、早いぐらいだよ⁉」

ご飯第一に動いているシロに思わずツッコミを入れてしまう。

しかし、シロは気にすることなく自分のお腹を押さえていた。

「それにしてもお腹空いたね……」

「そうですね……、って、そんなことないですよ⁉　むしろ、お腹いっぱいで何も食べれないですよ⁉」

「クルシュちゃんって、わりと小食なんだね？」

クルシュとしては普通に食べていたつもりだけど、確かにシロの食べっぷりを考えると、そこまで食べていない方なのかもしれない。

しかし、どこか納得ができなかった。

「私は普通に食べていると思うけどな……」

「一食で三食は食べないと人間生きていけないと思うんだよね？」

「……単位がおかしいよ？」

「あははは っ、こんなんだから私は聖女になれないって言われるんだよね」

シロは全く気にすることなく、笑ってみせる。

「そんなことないと思うけど……。私よりシロちゃんの方が魔力が強いし……」

「ほかの項目だとクルシュちゃんの方が遥かに上をいってるよね？　座学も品性も……」

「でも、聖女様だからね？　一番大切なのは聖魔法だよ」

「そんなことないかな。聖女様には見た目も必要だよ。だから、クルシュちゃんみたいなかわいい子の方がずっといいよ！」

シロはそう言いながらクルシュの身体に抱きついてくる。

そして、体をくすぐってくる。

「あははっ、くすぐったい。くすぐったいよ、シロちゃん」

結局、2人の笑い声は夜まで続き、再び怒られてしまうのだった。

でも、シロと知り合ってからはとても楽しい日々が続いていた。

こんな日がいつまでも続いていくと思っていた。

しかし、そんな日々が破綻（はたん）するのはまもなくのことだった。

それはいつもと変わらないある日のことだった。

普段と同じようにシロは厨房へ忍び込み、食材を漁っていた。

これも日常になりすぎて、もう咎める人はいなくなっていた。

それだけなら大丈夫だったが、今日に限っては保管されている食材がほとんどなかった。

シロが想像以上に食べるので、新たに買い出しに行っているところだった。

しかし、そんなことは知らないシロ。

どこかに食べるものはないのか、と食料庫の他に近くの棚なども探し始める。

すると、棚の中から、瓶に入った蜂蜜を発見する。

嗜好品であるとても甘い蜂蜜。

教会では催し物や記念日以外では食べることはなかった。

「あれっ？　今日がその日だったかな？」

そんな疑問が浮かびながらもついついシロはそれを食べてしまった。

挙句の果てには、その瓶を盛大に割ってしまう。

しかし、これは教会の長が突然の来客用に補完していた貴重な蜂蜜。

しかも、今日に限ってその来客が来てしまい、大騒動が起こっていた。

教会の長は大変な恥をかいてしまい、犯人捜しに躍起になった。

これだけの騒動を起こしてしまっては教会にいることはできない。

犯人探しが始まった時に、シロはここから出ていく決意もした。

しかし、そんなシロを守ったのは他ならぬクルシュだった。

日頃からどんくさいところもあったクルシュ。

彼女がはちみつを割ってしまったとしても、疑わない者はいなかった。

ただ1人、全てを知っているシロを除いて——。

そして、クルシュは聖女見習いを辞めることになったのだ。

彼女は最後まで自分がどんくさかったせいだと言い張って——。

「あれから、いつかクルシュちゃんに恩を返したいと思っていたんですよ。その気持ちは聖女になった今も変わってないよ」

「昔の話ですよ。今はソーマさんの下で楽しく暮らしていますから安心してください」

クルシュは頬を赤くしながらにっこりと微笑む。

すると、シロは何かピンと来ているようだった。

「わかったよ、それなら後のことは私に任せて！　何とかしてお兄ちゃんとクルシュちゃんの仲を取り持ってあげるね」

「えっ!?」

クルシュの顔が真っ赤に染まる。

そして、しばらく動きが固まっていたが、突然動き出す。

「ダメダメダメ!!　そ、そんなことをしたらダメですよ!?」

クルシュが大慌てで全力否定していた。

「でも、クルシュちゃんってお兄ちゃんに気があるんだよね？　私、お手伝いするよ？」

「そ、そんなことない……こともないけど、でもでも、そんなことをしたら、ソーマさんに迷惑がかかってしまいますから……」

「そんなこともないと思うけどね……」

シロはどこか納得していない様子だった。

「分かったよ、それなら様子を見てこっそりサポートするね」

結局シロは最後まで諦めてくれなかった。

それがクルシュの助けになると思っているんだろう……。

だから、クルシュも強くは言えなかった。

◇◇◇

それから数日が過ぎた。

特に何事もなく平穏な日々を送っていた俺たちだが、ついに騒がしい日常が帰って来る時が来てしまった。

「ソーマ様！　アルバン、無事に任務を終えて帰省いたしました」

「主様、あなたのエーファがミッションを終えて帰って参りました！　褒めてください！」

「くっ、大事なところで……。このトカゲめ……」

「むぅぅ……、主様に報告するのはこのエーファの仕事ですよ……」

言葉がかぶってしまったことで、アルバンとエーファが睨み合っていた。

「はいはい、喧嘩はほどほどにしてくれ。それより王都に行って何かあったか？」

2人の間に割って入り、手を叩いて話を止める。

「それが、聞いてください主様！　この筋肉ダルマがまともに食事もさせてくれなかったんですよ!?」

「何を言うか！　あれが神聖騎士の食事というものだ！」

「草と水しかもらえなかったんですよ!?」

「栄養のことをたっぷり考えた七草粥だぞ!?　一応ソーマ様のペットであるお前を死なせるわけにはいかないから、仕方なく豪勢にしてやったのに……」

人なら栄養も摂れて十分かもしれないが、エーファはドラゴン。

確かにそれだけだと物足りなさを感じるかもしれない。

「あーっ……、その辺りを言っておくべきだったな。アルバン、エーファは一応ドラゴンだからこれからは肉をメインにしてやってくれ」

苦笑を浮かべながらアルバンに伝える。

「このトカゲにはもったいないと思いますが、わかりました」

「誰がトカゲだ！　筋肉ダルマ、やるの？」

「おう、望むところだ！」

「ちょっと待って……。喧嘩をするなら後にしてくれ。お前たちが行っている間にも色々と領地が変わったんだ……」

「そういえば何やら騒がしい様子ですね。問題でも発生しましたか？」

　アルバンが不思議そうに聞いてくる。

「問題といえば問題だな……。むしろ大問題か……。だからアルバンに聞きたい。王都で何かトラブルがあったか？」

「トラブル……ですね。この領地には関係ないと思いますけど、聖女様が何も言わずどこかへ出かけられたそうです。まぁ、よくあることみたいなので、それほど気にも留めてないみたいですけど、あまり長期間になると捜索隊を派遣するみたいですね。そして、聖女様を誘拐しようものなら全力を挙げて殲滅（せんめつ）するとおっしゃってましたよ。まぁ、この領地には関係ないですもんね、あははっ」

　アルバンは高笑いをする。

　しかし、俺の心の中は冷や汗が止まらなかった。

「ゆ、誘拐じゃなくて、聖女が勝手に来た場合はどうなるんだ？」

「さすがに聖女様もそんなことをしないと思いますけど、それでもやっぱ誘拐したと思われるんじゃないですか？」

「やっぱりそうか……」

「――どうしましたか？　まさかここに聖女様が⁉」

「ソーマさーん、そろそろお昼の時間だよー⁉」

アルバンが不思議そうに聞いてきたタイミングで、シロがやってくる。

その声を聞いたアルバンは驚きのあまり目を点にしていた。

「ま、まさか本当に聖女様⁉」

「まあ見ての通りだ……。突然この領地にやってきてな」

「はぁ……、なるほどそういうことですか……。まあ向こうから来たのなら問題はないでしょう。

それでいつお戻りになられるんですか？」

「それが神聖武器を見た瞬間に、この領地に住むと言っていて……」

「なるほど、それなら仕方ないですね。何か文句を言ってきたら、神聖武器を突きつけてやりましょうか？」

「それで納得してもらえるのか？」

「納得するよりほかはないですよ。神が授けた神聖武器を前にしたら……。むしろ、刃向かう人がいたらそれは神に刃向かう反逆の徒ですからね？　討伐（とうばつ）されるのは向こうになります」

アルバンがそう言うのなら、本当に大丈夫なのだろう。

俺は少しだけ安心することができた。

「主様、誰ですか、そのチビは？」

突然エーファがとんでもないことを言い出す。

相手がシロだから良いものの、相手を考えないと危険かもしれないな。

「えっと、君の方が小さいけど？」

「このエーファとやる気なの？」

エーファが鋭い目つきをシロに向ける。

しかし、凄んで見せてもエーファの今の姿は幼女。

その姿はただただかわいいだけだった。

しかし、危険なドラゴンであることには違いない。

だからこそ、俺はエーファを注意する。

「待て待て、エーファ。シロを襲ったら駄目だぞ？　ドラゴンであるお前が小さいはずないもんな」

「はーい、主様のご命令でしたら」

なんとかエーファが思いとどまってくれる。

しかし、今度はシロの方が涎を垂らしながらエーファを見ていた。

「……ドラゴンステーキ。じゅるり」

「シロもエーファは食べ物じゃないぞ？」

「た、食べるはずないよ？　そ、そのちょっとだけ……、ちょこっとだけ美味しそうに見えただけだよ!?　さきっちょだけ。そのほんの少しだけかじってもいいかな？」

「十分食べる気だろう……。はぁ……」

シロの対応に思わずため息が出てしまう。

「まあそういうわけだ。この領地に聖女が来た……。それだけ覚えておいてくれ」

「かしこまりました。ではこの領地に教会を建てましょうか？」

「いや、もうそれは建てた」

そう言いながら後ろにある教会を指差していた。

しかし、それを見て、再度アルバンが聞いてくる。

「えっと、教会……はどこですか？　いつの間にか禍々しい邪神の教会ができあがってますね。あれは壊しておきましょうか？」

「あ、あれが教会だぞ!?」

「えっ？　だ、誰があんな禍々しいものを……？」

「もちろん俺たちが作ったのだが――」

「よ、よく見るとそこはかとなく趣あるたたずまいの芸術性が高い建築物ですね。これはソーマ様にしかできない建物です……」

「いや、そんな変わったものじゃなくて、普通の建物のつもりだが……？」

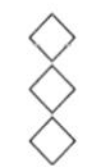

「それであの犯罪者を渡した後はどうしたんだ？」
「特に何もしてないですね。あと、あの犯罪者は懸賞金がかけられていたみたいでそのぶんのお金

をもらってきました。このお金はいかがしましょうか？」

「うーん、そうだな……。アルバンたちで分けてくれ。この領地で色々と働いてくれているわけだから、その分の給金を払う必要があると思っていたところだ」

「い、いいんですか？　結構な額ですよ？」

「もちろんだ。むしろまだまだ足りないと思ってるほどだぞ？」

これで当面はこの領地の問題が解決しただろう。

そうなるとやっぱり、次にやるべきはラーレの万能薬を作っていくことだな。

S級万能薬。いったいどれほどの素材が必要になるのかわからない。

とりあえず、まずは以前に採ったB級毒草で何が作れるのかを調べてみた。

【名前】　毒草
【品質】　B［雑草］
【損傷度】　0/100
【必要素材】　A級魔石（0/10）
【錬金】　B級毒草（1/50）→万能薬（B級）

やはり、毒草のランクで作れる万能薬のランクも上がるようだった。

問題は必要な個数が増えていることだった。

B級で50個ならS級を作るとなれば、100個くらいの個数を要求されてもおかしくない。

ただでさえほとんど見つからないS級素材を100個も……。

先は長そう……。

とりあえず、まずはS級毒草を探すところからだけどね。

第2話　S級毒草と深淵の森の魔女

アルバンたちが帰ってきてくれたおかげで、戦力が整った。

今日こそはS級毒草を見つけよう。

この辺境の珍しい素材が生えやすい土地、クルシュの採取スキル、俺の鼓舞スキル。

このすべてを使えば、高ランク毒草も見つかってくれるはず。

ただ問題はやはり森の中を歩くので、どうしても魔物と遭遇するということだった。

俺やクルシュ、ラーレだとどうしても行ける場所に限界がある。

でも、今はアルバンやエーファ、更にシロもいると考えたら、行ける幅が広がってくれる。

「ラーレ、この辺りであまり人が入らないような場所はないか？」

「そうね……、少し遠くなるけど、いつもの森を抜けた先に深淵の森と呼ばれている場所があるわよ。人が行かない場所ならそこかしら？」

深淵の森？

俺が首をかしげると、クルシュが更に詳細に説明をしてくれる。

「深淵の森はこの領地のずっと北にある誰も踏み入れない森のことですね。強い魔物がたくさんいるうえに、森の奥には怪しげな魔女も生息していると聞きます。その魔女に出会って生きて帰ってきた者はいないらしいですよ」

どうやら曰く付きの場所のようだった。

「魔女か……」

魔女と言えば、やはりイメージは怪しげな老婆か。

もしかすると、既にＳ級万能薬を作っているかもしれないな。

ただ、それはあくまでもイメージで、実際は若い人間かもしれない。

魔女なのに男……、という可能性も考えられる。

さすがに会う前から、その人の評価を下すわけにはいかない。

「とりあえず、これだけの戦力がいればいきなり襲われても大丈夫か。今日はその深淵の森へ行ってみるか」

一応ではみんなに確認をする。

「私はソーマさんが行かれるところでしたらどこへでも……」

「ダメだと言っても行くんでしょ？　なら私はできることをするだけよ」

「ソーマ様は領地で休んでいてください。ここは私めにお任せ下されば、最高の結果をお持ち帰りします」

「アルバンなんかにまかせられないよ。主様の頼みを一番叶えられるのはこのエーファだよ？」

「なら、勝負するか？」

「負けて泣いても知らないよ？　深淵の森を燃やし尽くせばいいんでしょ？」

「燃やしたらダメでしょ!?」

「はぁ……、話を聞いてなかったんだな。今回の目標は素材採取だ。魔物を倒しに行くわけでも、森を燃やしに行くわけでもないぞ？」

「えっ⁉　違うの？　私は爆破させるつもりでいたよ？」

まさかのシロはエーファに同意していた。

「爆破もダメですよ⁉　もう、シロちゃんは聖女なんだからもっとお淑やかにしないといけないですよ？」

「好きで聖女になった訳じゃないからね。大体魔力の高さだけで決めるのはおかしいと思うんだ。もっと聖女らしい聖女がいいなら、それこそクルシュちゃんでいいと思うんだよね？」

「わ、私はダメですよ……。ソーマさんのお手伝いをする方がいいですから」

「そっか……。うん、残念だね。でも、お兄ちゃんと一緒に暮らすなら仕方ないよね？」

「そ、ソーマさんと暮らす⁉　そ、そ、そんなこと、誰も言ってないですよ⁉　言ってないですからね⁉」

ただ、確認をしただけなのだが、騒々しくなるのは仕方ないのだろうか？

でも、一つだけわかったことがある。

誰も反対をしていないと言うことだった。

「えっと、また一緒の部屋に住むのか？　たくさん建物ができたから、別の建物に移ったけど、部屋は空いたままだからな」

「わわっ⁉　だ、大丈夫ですよ⁉　し、シロちゃんの戯れ言ですからね⁉」

「いいじゃん、クルシュちゃん。これからまた一緒にお兄ちゃんと暮らせば。前にも住んでたのなら大丈夫だよね？」

「それはそうですけど、でも……」

「まぁ、気が向いたら一緒に住んでくれてもいいよ」

「あっ……、はい……。ありがとうございます」

クルシュは少し恥ずかしそうに小さく頷いていた。


「それより、深淵の森に行くのにこれだけの戦力がいたら大丈夫かな？」

「確かに危険な場所ですもんね。どうでしょうか？」

クルシュが不安そうに聞いてくる。

「主様はこのエーファがお守りいたします！」

「ソーマ様はこのアルバンがお守りいたします！」

またも台詞が被ってしまう。

そのことで2人はお互い睨み合っていた。

その様子を見てため息を吐かずにはいられなかった。

「筋肉ダルマには任せていられない！」

「何よこのトカゲ風情が！」

「はぁ……、お前たち、いい加減にしてくれ。喧嘩ばかりしているなら置いていくぞ？」

「……」

「……」

置いていかれるのがよほど嫌なのか、2人とも一瞬で黙っていた。

その様子を見て、「子供か!?」と言いたくなるのをグッと堪える。

「ドラゴンステーキ……」

シロが涎を垂らしながらぽつりと呟く。

行くのは問題ないけど、本当に大丈夫なのか不安になってくるメンバーだな……。

俺の領地から歩くこと2日。

ようやく深淵の森へとたどり着く。

本当ならもっと早く着く予定だったのだが、どうしても騒ぎを起こすメンバーと共に行動すると、その移動に時間がかかってしまい、想定よりも多くの時間がかかってしまった。

ただ、この道中に危険は全くなかった。

それもそのはずで、俺たちの中にいるのは白龍王たるエーファ。

いくら幼女の姿になっているとはいえ、彼女を見た瞬間に魔物たちは怯えて、逃げ去っていた。

たとえそれが見たこともない高ランクの魔物であっても……。

「なんだか暇ですね。やっぱりこんな森、焼き払った方が捜し物が見つかるんじゃないですか？」

「いやいや、一緒に燃えるからな？」

エーファが口から炎を吐こうとするので、それを止める。

「それにしても不気味なところですね」

クルシュが不安げな声を上げてくる。

いつの間にか俺の袖を掴んでいることに気づいていない。

でも、不安に思う気持ちは良くわかる。

ただでさえ、日の光も入らない薄暗い森の中。

しかも、地面は湿っており、所々ぬかるんでいる。

物音は俺たちの音しか聞こえない。

エーファのおかげで魔物が出てこないが、それが逆に静かすぎて不安を感じてしまう。

「ラーレ、一応警戒を高めておいてくれ」

「もちろんよ。既にやってるわ」

「一応ソーマ様は私の後ろへ」

アルバンの後ろに待機する。

ただ、なぜかエーファが静かなのが気になった。

「エーファ、何かあったのか？」

「……主様。あれはなにかな？」

エーファが指差したところには、すっかり白骨化した遺体が転がっていた。

「ひっ！」

クルシュが小さな悲鳴を上げる。

「人の死体かしら？」

「やっぱり危険なところのようですね。ソーマ様はこのアルバンが身を挺してお守りさせていただきます」

「うーん、人ではないみたいだね。何かの動物かな？」

シロが実際に骨を触って調べていた。

「し、シロちゃん⁉　な、何をしてるの⁉」

「えっ？　骨を調べてるんだよ？　おかしいことかな？」

「お、おかしいですよ⁉　どうしてそんな怪しいものを気軽に触れるのですか⁉」

「別に骨が動くわけじゃないからね」

「そ、それはそうだけど……」

「あっ、でも、死霊系の魔法だと動かせるみたいだね。この骨も動くかも――」

「ひっ⁉」

クルシュが俺の後ろに隠れる。

その表情はすっかり涙目になっており、さすがにかわいそうに思えてくる。

「シロもその辺にしてやってくれ」

クルシュの頭を撫で、宥(なだ)めながら言う。

「あははっ、仕方ないね。これ以上、この骨については言及しないね」

「それにしても、どうしてこんなところにあるんだろうな？　もしかして、噂に信憑性を与えるため？　もしかすると、ここに噂を流した人物がいるのかも……」

それが一体誰なのか？

いや、考えるまでもないな。

ここに住む魔女がそれを仕掛けたと考えるべきだろう。

噂の真偽(しんぎ)はわからないが、魔女が住んでいることだけは確かのようだ。

つまり、どんな危険があってもおかしくないわけだ。

「これから警戒していくぞ？　これから先にどんな罠があるかわからないからな」

一応わかっているとは思うがメンバーに注意を促す。

しかし、すでに手遅れだったようだ。

「主様ぁ……、助けて下さい……」

エーファが罠にかかり、ロープに雁字搦(がんじがら)めになっていた。

「はぁ……、アルバン、頼む」

「はっ！　これをチャンスにドラゴンステーキを作りましょう」

「ドラゴンステーキ⁉　私は大盛りで‼」

「え、エーファは食材じゃないよー‼」

「あのあの……、ソーマさんが言いたいのはそういうわけじゃなくて……」

「あぁ、そうだ。助けてやってくれってことだ。エーファのことを食べるはずがないだろう？」

「主様ぁ……、エーファは信じておりました……」

結局クルシュがエーファを助けていた。


「確か森の奥に魔女がいるんだったよな？」

ここの住人ならレアな素材がどこにあるのかわかるかもしれない。

確かに危険な存在かもしれないけれども、噂はあくまでも噂。

実際に会ってみるとそうでもないかもしれない。

そう考えた俺はさらに森の奥深くへと進んでいく。

「やはり魔女は中々侮れない相手のようだ。これからも注意していくぞ？」

「そのようですね。警戒心を高めないと……ですね」

「私の後に付いてきてくれたら大丈夫よ」

ラーレがぷいっと顔を背けていた。

「そうだな。周りの探索はラーレが断トツだもんな」

「ほ、褒めたって何も出ないわよ!?」

今度は恥ずかしそうに顔を背けていた。

しかし、すぐに真剣な表情を見せてくる。

「ソーマ、何かくる……」

ラーレのその様子を見ると何かあったことが一目瞭然だった。

「主様、エーファの後ろに……」

「ソーマ様は私の後ろに……」

またアルバンとエーファが喧嘩をする。

「とりあえず、２人で敵の相手をしてくれ。クルシュは俺の後ろに。シロも一緒に来い！」

「は、はい……」

「えぇ……、私も敵を爆破させたいなぁ……」

素直に後ろへ来るクルシュと文句を言いつつそれでも俺の指示に従ってくれるシロ。

「ラーレ、敵の正体がわかったら言ってくれ」

「えぇ、分かったわ」

完全な戦闘態勢を整える。

そして迫り来る危険な敵を万全の態勢で迎え撃つ。つもりだったのだが……。

「ソーマ、敵が見えたわ。敵は……子供よ」

「こ、子供!?」

その言葉を聞き俺はエーファの顔を見てしまう。

見た目が子供っぽいのは、この中だとエーファくらいだった。

「主様、エーファは関係ありませんよ!?」

「それもそうだな……。でも、子供が襲ってくるって、どういうことだ?」

よくよく目を凝らして見る。

すると、森の奥からやってきたのは、小柄な少女だった。

それも俺たちの中で一番小柄なエーファと同等。

いや、それ以下かもしれない。

本当に子供としか言えないようなぐらいの身長しかなかった。

漆黒(しっこく)の長い髪で、外見も真っ黒なローブを着ている。

見た目だけは、すごく怪しい雰囲気を漂わせているうえに、年季が入ったような木の杖を持っている。

見た目が子供じゃなかったら、どう見ても魔女としか思えない風体。

でも、さすがにこんな子を魔女と勘違いするとは思えなかった。

「君こんな所にいると危ないよ?　どうしてこんな所にいるんだ?」

危険だとわかっていないのか、アルバンが少女に話しかける。

すると、その瞬間にアルバンの巨大な体は吹き飛ばされ、後ろの大木に叩きつけられていた。

「がはっ!」

「この森に侵入する愚かな者たちよ。早々に立ち去るがいい。今ならばまだ見逃してやらんこともない。襲いかかってくるなら覚悟をするといい。この深淵の大魔女であるルル様が直々に相手をしてやろう。さあかかってこい」

杖を構え、怪しげな視線を向けてくる。

やはり、その台詞は魔女そのものだった。

しかし、つたない声と容姿が邪魔をして、魔女に見えるはずもない。

ただ、それよりもアルバンの方が気になった。

「だ、大丈夫か、アルバン。回復薬を飲むといい」

慌ててアルバンに近寄ると回復薬を飲ませる。

「そ、ソーマ様……、申し訳ありません。助かりました……」

アルバンはそこまで深い傷ではなかったようで、回復薬を飲むとすぐに治っていた。

「見た目で相手を判断するな。この魔女、強いぞ……」

実際にどれほどの能力を持っているかはわからない。

見た目に騙されてその能力を見誤ることは問題がある。

だって、俺たちの中にも幼女の姿をした白龍王がいるのだから……。

「はい、申し訳ありません」

「ははは、所詮筋肉は筋肉だね。主様を守るのはこのエーファの役目……ですね」

「そんなことを言ってる場合じゃないでしょ!?　魔女が来るわよ!?」

ラーレが慌てて、注意を促してくる。

「ほ、本当に魔女か？」

「もちろんじゃ。妾はこの深淵の森を守りし大魔女、ルルであるぞ。せいぜい敬うがいい」

「どうみても子供じゃないの？」

シロが思わず本音を呟いてしまう。

「わ、妾のどこが子供じゃ!?　もっとよく見ると良い!!」

言われるがまま、じっくりルルのことを見る。

やっぱりどう見ても子供にしか見えない。

むしろ、子供そのものだった。

「――子供だな」

アルバンが再び呟いていた。

その瞬間に再びアルバンの体が吹き飛び、後ろの大木に体を打ち付けられていた。

「がはっ!!」

「あ、アルバン!?」

「わ、妾は子供じゃない!!」

ルルは大声を上げて必死に言ってくる。

「妾はこの深淵の森に２００年住んでいるのじゃぞ？　子供なんかじゃないぞ？」

「あ、あぁ……、わかった。わかったから、もう吹き飛ばさないでくれ……」

アルバンはようやくルルが魔女だと理解したようで、これ以上何も言わなかった。

「ふむ、わかれば良いのじゃ」

満足げにルルが頷いていた。

すると、クルシュが目を輝かせながら言ってくる。

「ルルちゃんですね？」

「だ、誰がルルちゃんじゃ!?」

ルルが杖を振ろうとするが、シロも同じように三つ叉の槍を構えていた。

「クルシュちゃんには手を出させないよ！」

「――その魔力、聖女？」

「うん、私は聖女だよ？　魔女相手にも十分戦えると思うけど？」

「……たしかに相手が悪いかな」

ルルは杖を引っ込めていた。

ようやく話す態勢が整った……とも言える。

「どうぞ、ルルちゃん、お菓子でも食べますか？」

「わーい、って食うか!!」

一瞬お菓子を受け取りそうになっていたルルだが、すぐにそれを払いのけていた。

「もったいない……。いらないのなら私がもらうね」

地面に落ちたお菓子はシロが回収して食べていた。

「さ、さすがに地面に落ちたものは食べなくていい……っていうか、食べたらダメですよ!?」

大慌てでシロからお菓子を回収しようとする。

しかし、既にお菓子はシロのお腹に収まっていた。

「やっぱり、おいしいね。クルシュちゃんの料理は——」

「はぁ……、ダメですよ。そんなものを食べたら……。別のお菓子を用意しますね。ルルちゃんもそれでいいですか？」

「うん……。って、違うって言っておるわ！」

クルシュの言葉にルルは翻弄されているようだった。

「それより、どうしてここにきたのじゃ？　ここは妾の縄張り。奪うというのなら本気で抵抗するが？」

「あぁ、そういうことか……」

深淵の森に居住するルル。

そこに知らない相手が入って来た、ということは俺が領地へ攻め込まれた感覚と同じなのかもしれない。

危険を排除することは、何もおかしいことではない。

だから、子供なのに魔女っぽいしゃべり方をして、敵を排除してきたのだろう。

「俺たちは別にここへ攻めに来たわけじゃないぞ？　ただ、万能薬の素材になる毒草を探しに来ただけだ」

俺が理由を説明すると、ルルはなぜか目を輝かせていた。

「ば、万能薬じゃと!?　ほ、本物か!?」

「いや、まだD級のものだけだな。ほらっ」

するとカバンの中から万能薬を取り出す。

すると、一瞬でそれをルルに奪われてしまった。

「こ、これが万能薬……。少し淀みを感じるね。だからD級の万能薬なのかな？　味は……、にがっ。あまり、飲む人のことを考えられてないね。でも、病気を治すような薬だから、下手に間違えて飲まないように、苦い味にしてるのかも。効果は……、弱い毒とか麻痺の治療くらいかな？」

一瞬でこの薬のことを見抜いていた。

ただ、その薬を見る目が尋常ではない。

目を輝かせているだけではなく、まるで恍惚の表情を浮かべるような……。

もしかして、薬に興味があるのか？

魔女……というくらいだもんな。

「他にも回復薬とかならあるが……？」

カバンから回復薬を取り出すが、その瞬間にルルに奪われていた。

そして、即行で蓋を開け、中身を舐めていた。

「ぺろっ。こ、これは――」

意味深に間を置いてくるルル。

おいおい、もしその薬が毒だったらどうするつもりだったんだ？

その危うい行動を見ていると不安に思えてしまう。

「いきなり舐めるな!!」

「これは回復薬だね！」

「って、それはさっき言った！　わざわざ調べることでもないだろう？」

「味は苦いね。回復効果は……、弱めだね。やっぱり少し混じり気があるね」

やっぱり食い入るように薬を見るルル。

その姿はやはり、薬に恋をしている風にも見えていた。

「まぁ、それはあげるよ。それよりも話を聞いてもらえるか？」

「えっ、くれるの？　ありがとう……」

「……やっぱりしゃべり方は作っていたのか」

「そ、そんなことないぞ。わ、妾は元々こういう話し方じゃ！　それより質問はそんなことか？」

「ち、違うぞ？　俺たちが来た目的についてだ。高品質の毒草を探すために来たんだが、あまり人が足を踏み入れないここならそれがあるかと思ってな」

「――なるほど。そういうことじゃったか。わかった。さすがにお主の目に見合う毒草があるかはわからんが、それに近しいものならあるかもしれん。捜索の許可を出してもいいが、妾の頼みを聞いてもらっても良いか？」

「なるほど、ここで自由に捜索する代わりにルルの頼みを聞くと言うことだな」

やはり、元ゲームの世界というだけあって、何かをしようとするならお使いクエストが発生するようだった。

それがわかっているからこそ、俺は即行で頷いていた。

「それで、俺たちに何をして欲しいんだ？」

「うむ、簡単なことじゃ。この深淵の森を捜索しにきたくらいじゃから、お主らはなかなかの力の持ち主と見た。だからこその願いじゃ」

意味深に間を置いてくる。

こういったときはあまり良いことが起こるイメージがない。

だからこそ、俺は息を飲んでいた。

「元々、この辺りには強力なドラゴンが生息していたのじゃ。そのときは何も問題なかったのじゃが、どうやらそのドラゴンがいなくなったようでな。新しいドラゴンが現れたのはいいが、そいつが色々と悪さをするドラゴンだったのじゃ。いつここに被害が及ぶかわからないのでな。そいつの討伐を頼みたい」

なんだろう……。そのドラゴンに心当たりがあるのだけど……。

思わず俺はエーファの顔を見てしまう。

「主様、エーファがどうしましたか？」

「いや、なんでもない……」

もしこれでルルがそのドラゴンに襲われるようなことがあったら寝覚めが悪いよな？

その前に、そんな悪いドラゴンをここへ呼び込んでしまったのは俺たちのせいか……。

つまり、これは俺がエーファを仲間にしたからこそ、派生して現れたクエスト、ということだ。

これは俺に責任があるクエストだ。

「わかった。そのドラゴンを追い払えばいいんだな。どこにいるかわかるか？」

「それは妾が案内する。ドラゴンを倒してくれるのなら」

「それで、そのドラゴンは一体どんな奴なんだ？」

「詳しくはわからないのじゃ。ただ、当人は『白龍王』を名乗っている」

「ほう、白龍王……か」

エーファが目を光らせる。

一応、同じ名前を名乗っているだけだと思うが、確認をしておく。

「エーファ、まさかとは思うがお前、やってないよな？」

「主様、酷いですよー！　エーファがそんなこと、するはずないじゃないですかー！」

「そうだよな。信じてるぞ、エーファ……」

「主様以外にはするかもしれませんけど、絶対に主様にはしませんっ!!」

きっぱりと言い切ってくるエーファ。

ただ、これは本当にやっていない……とは言えないな。

「まぁ、エーファはずっと俺たちといたから、違うよな。それじゃあ、別の奴が白龍王を名乗っている……ということか」

「そうみたいですね」

「意外とエーファは冷静なんだな。自分の名前を使われたら、もっと怒り狂うかと思ったぞ？」

「あははっ、主様、エーファがそんなことをするはずないですよ。跡形も残さないだけですよ」

うん、やっぱり怒ってた。

俺は苦笑を浮かべていた。

すると、ルルがポカンと口を開けていた。

「ちょ、ちょっと待つのじゃ。今、そいつが白龍王という話が聞こえたが？」

「あぁ、そうだ。このエーファが白龍王と言う名前のドラゴンで、元々ここら一帯を支配していた、いなくなったドラゴンというわけだ」

「し、信じられないのじゃ。どうして、最強と名高いドラゴンがそんなチビに……」

「誰がチビですか⁉　死にたいのですか？」

「ひっ⁉」

なぜかルルが俺の後ろに隠れていた。

「ダメだぞ、エーファ。とりあえず、これは俺たちが理由で起こったトラブルなんだからな。解消するのは俺たちの仕事だ」

「わかりました、主様。そいつを殺すのはその後にしますね」

にっこりと微笑むエーファを見て、ルルはもう一度小さく悲鳴を上げるのだった。

「はぁ……、はぁ……、そ、それで白龍王様の偽者が妾の領地を漁っていたのですね」

へこへことエーファに対して頭を下げているルルを見ていると、なんだか悪いことをした気持ちになってくる。

一方のエーファは偉ぶって体を反らしていた。

「それで、このエーファと勘違いしたちびっ子は、我が主様にいつまで立ち話をさせているつもりだ？　お茶の一つでも出せないのか？」

「……!?　す、すぐにご用意します。つ、付いてきて下さい！」

エーファに完全に怯えてしまっているルルが、おどおどとしながら俺たちを深淵の森の奥へと案内してくれる。

「えっと、そこまで無理をしなくていいんだぞ？」

さすがにいきなりやってきて、無理やり脅しているみたいに感じて、遠慮してしまう。

「そ、そんなことはありませんです。ど、どうぞ、狭いところですけど……」

ルルの家に入る。

確かに中は小さな部屋が一つだけ。

更にそこに巨大な鍋やたくさんの薬瓶、乱雑に散らばった本などがあるので、部屋の中は更に狭く感じてしまう。

「本当に狭いわね」

「だ、ダメですよ、ラーレちゃん!? 私たちが突然きたから悪いんですよ?」

「私の部屋みたいで落ち着くね」

「し、シロちゃん!? ま、また散らかしてるの!?」

「ソーマ様をこんなところに座らせるわけにはいきません! 少しお待ちください。全てのものを捨てて参ります」

「主様のために家ごと燃やし尽くしますね」

「珍しく意見が合ったな。トカゲにしておくには惜しいぞ」

「ふっ、筋肉ダルマかと思ったが、ようやく知恵をつけてきたようですね」

「えっ、えっ、す、捨てたらダメなのじゃ!? こ、ここは妾の研究部屋なのじゃから……」

ルルが大慌てで散らかったものを守ろうと両手を広げていた。

「大丈夫、燃やしたりなんてしないからね。でも、大勢で押し寄せちゃったから、やっぱり狭いね……」

素直に感じたことを述べる。

そればっかりは何も間違ったことは言っていないはず……。

ただ、ルルはガックリと肩を落としていた。

「や、やっぱりそうだよね? うん、妾も分かっているんだ……。ここがかなり狭いことは……。でも、妾にはこれ以上大きな家にすることも叶わんからな……」

「そっか……」

それならここで建築を行えば、大きい建物に変えることができるんじゃないのか？

そんなことを考えたが、残念ながらこの深淵の森は俺の領地ではない。

だからここで、俺のスキルから建築を行うことはできなかった。

「それなら俺の領地にこないか？　ここより大きい建物を準備することができると思うぞ？」

「うっ……」

ルルが言葉に詰まっていた。

これはもう一押しあれば仲間になってくれるんじゃないだろうか？

「もしかして、ルルは自分の研究所が欲しいんじゃないか？　俺の領地に来てくれるならそれも準備できるが？」

「うぐぐっ……」

凄く口を噛みしめている。

やはり、この家だと色々と不自由があるようだ。

ただ、俺の説得を邪魔してくる奴がいた。

「つべこべ言わずに主様がこれほど頼んでいるのだから、早く頷くといい！」

「ひっ⁉」

ルルが小さく悲鳴を上げて、俺の後ろに隠れてしまう。

「や、やっぱり妾はここの家を出るわけにはいかないのじゃ。恐ろしい領地になど行きたくないのじゃ」

「そっか……。それならしかたないね。諦めるよ……」

「あぅ……」

俺が引き下がろうとするとルルが寂しそうな声を上げる。

ルルの本心がわからない。

誘って欲しいのかそうでないのか、どっちなのだろうか？

「とりあえず、俺たちがドラゴンを追い払うまでの間に考えてくれたらいいから、一度検討してくれないか？　ルルに協力できることがあったら何でもするから――」

「そ、それじゃあ、一つだけ質問をしてもいいか？」

「あぁ、もちろんだ」

「もし、妾が領民になったら、そのときはそなたが薬を作ってるところを見させてもらってもいいか？」

薬って、ボタンを押して、適当に混ぜていくだけなんだけどな……。

「そんなことでいいのなら全然構わないぞ？」

「ほ、ほんとうじゃな!?　約束をしたぞ!?　嘘をついたら許さないからな！」

今日一番の反応を見せてくるルル。

そこまでうれしいことなのだろうか？

とにかく、まだ領民になってもらえるチャンスが残っているので、そこだけは良かったかもしれない。

◇◇◇

「ねぇ、さっきこの家にいたいって言っていたわよね？」

俺とルルが話しているとラーレが間に割って入る。

「うむ、それは言ったが？」

「それなら、この深淵の森もソーマの領地にしてしまえばいいんじゃないかしら？」

ラーレがあっさり言ってのける。

でも、よく考えるとそれが正解かもしれない。

「そっか……、それがあったな」

「で、でも、また魔物をたくさん倒さないといけないのですよね？」

クルシュはどこか心配そうな顔をしていた。

「でも、今はアルバンもエーファもシロもいるからな。ランクアップクエストは問題ないと思う。

あとはそこまで経験を集めることだけだな」

「経験……。わ、私も剣を振ったらいいのですか？」

クルシュが剣を振るところを想像してみる。

まずは、クルシュが振るのではなくて、クルシュが振り回されているように思える。

当然ながら狙ったものに当たることはまずないだろう。

下手をすると自分が怪我を――。

いや、側にいる俺が斬られる可能性すら容易に想像できた。

それを考えると、とてもじゃないけど承諾はできない。

「く、クルシュは別の経験を積んでみないか？　ほ、ほらっ、今までは全く聖魔法の練習をしていなかったわけだから、それをシロに教えてもらうとか……」

「聖魔法……ですか？　私、聖女見習いの時に何度も使おうとしたのですけど、全然使えなかったのですよね」

一応、クルシュのステータスには低いながらも聖魔法のスキル欄がある。

それに、魔力もないわけではない。

だから使えない、ということはないはず。

「シロちゃんに聖魔法を教えたらいいんだね。任せて！　芸術は爆発だよー！」

「ば、爆発させたらダメですよー!?」

とりあえず、これで戦力レベルが少しずつ上がっていくはず。

「アルバンは建築を続けて頼んでもいいか？」

「お任せ下さい。このアルバン、細部にまでこだわって建築していきます！」

アルバンの建てた家はおおむね好評を得ている。

今にも崩れそうな教会を作ってしまった俺とは大違いだ。

スキルを持っていないから仕方ないことかもしれないが。

「アルバンが建物ならエーファは何をしたらいいの？」

「そうだな……、エーファは領地周りに危険がないか、調べてくれるか？」

「もちろんです。お任せ下さい」

今すぐに飛び出そうとするエーファ。

それを俺が慌てて止める。

「ま、まだだぞ？　これから後始末に行かないと行けないからな？」

「おっとそうでしたね。さっさと偽者を血祭りに上げて、領地へ戻ってソーマ様からいただいた大切なお仕事をしましょうか」

「ま、まぁ、程ほどにしてくれ。他にすることがあったら優先してくれていいからな？」

「主様より直々に賜った仕事以上に大切なことはありませんよ!?」

エーファがきっぱりと言い切ってくる。

「そう言ってくれるのはうれしいが、無理をさせていないか心配でな……」

「主様のために働くことこそがエーファの幸せですからね」

まぁ、ここまで言ってもエーファがそう言うのだから、間違いないと考えていいだろう。

「わかった。それじゃあ、エーファの力には期待してるからな？」

「は、はい！　ソーマ様の期待に応えられるように、まずはこの家を燃やしてしまいます！」

「だ、ダメじゃ!?　ここは妾の大切な家じゃ。燃やされたら今後どこに住めば良いのじゃ？」

「それじゃあ、そろそろ出発するか？　その偽白龍王を倒すために」

「そうですね。エーファもいつまでも偽者をのさばらせておくのは気持ちが良くありませんから……」

「私はソーマ様にどこまでもついていきます。それが危険なドラゴンの下だろうとも……」

「エーファもドラゴンだー！」

「むっ？　お前はトカゲだろう？」

「誰がトカゲだ!?　この筋肉ダルマめ！」

やっぱり最後には2人で喧嘩を始めていた。

「もう、その2人は置いておいて、現地に向かいましょう。もしかしたら私たちだけじゃ戦力が足りないかもしれないんだからね」

「ドラゴンステーキ、ドラゴンステーキ……」

「くっ、やっぱりそなたはエーファの敵……」

「シロちゃん、いつもみたいに爆発したらダメだからね」

「わ、わかってるよ。大丈夫。私はじっと後ろで焼けるのを待っていたらいいんだね？」

「別に食事をしに行くわけじゃないんだからな。危険なことだけはしないでくれ」

いきなり魔物に向かって、突っ込んでいきそうな恐ろしさはある。

さすがにそこまでしないとは思いたいけど、念のために釘を刺しておく。

するとシロは少し慌てながら応えてくる。

「そ、そ、そんなことしないよ。いくらドラゴンがおいしそうに見えても。おいしそうに……。じゅるり……。はっ⁉　お兄ちゃん、誘導尋問をしたね⁉」

「一切してないんだが……。クルシュ、一応シロが飛び出さないように見ておいてくれるか？」

「あははっ……、わかりました」

「クルシュちゃんの裏切り者ぉ……」

シロはその体をクルシュに掴まれていた。

そして、そのまま引きずられていった。

「それじゃあ、ルル。道案内をよろしく頼む」

「あ、あぁ、わかったのじゃ……」

ルルは訳もわからずにただ、頷いていた。

◇◇◇

そして、ドラゴンの下へと案内してもらった。

深淵の森の更に奥。

回りが少し焦げ、黙々と黒い煙が立ち上がり、緑が剥げているその場所に巨大なドラゴンはいた。

確かに色は白。

白龍王と言えば、頷いてしまうかもしれない。

威圧もドラゴン相応にはある。

でも、言ってしまえばただそれだけだった。

本気のエーファが発するような……、それほどの迫力はなかった。

むしろ、アルバンが言うようにドラゴンではなく、ただのトカゲだと思えるほどに――。

だからこそ、俺たちが何かする前に決着は付いていた。

「おい、お前！」

「この我を白龍王だと知っての――」

「――なんだ、ただの死にたがりなトカゲか」

エーファが低い声を出すと、その瞬間に白龍王を名乗るドラゴンは驚きで口をぽっかり開けていた。

「ま、ま、まさかお前は……。いえ、あなた様は……、ほ、本物の白龍王エーファ様⁉」

「なんだ、知り合いか？」

「全く身に覚えがありません……」

はっきりと言い切ってくるエーファ。

すると、巨大なドラゴンがまるでごますりのごとく手をすり合わせて言ってくる。

「あ、あなた様が行方知れずと聞き、こうやってあなた様の名前を騙(かた)れば、本人が来てくれるかも……と思ったのですが、まさか本当に来てくださるとは……。このブルック、感激の極みにございます……」

「知ってるか、エーファ?」

「いえ、私は全く知りませんし、私の目には主様しか移っておりません。暑苦しいチビドラゴンのブルックがやってきたなんて、知りません」

「知ってるじゃないか……」

どうやら、エーファの知り合いらしい。

それならわざわざ戦う必要はなさそうだ。

「よかった。それならエーファが話して、この場から去ってもらうように頼んで——」

「今まで、どこにおられたのですか? それにそのちんちくりんな人間の姿……。ま、まさか、そこにいる人間に脅されているのですか!? ぐぅぅ……、許すまじ、人間」

全く話を聞いてくれそうになく、俺のことを睨んでくるブルック。

「よし、エーファ。俺のことを全力で守ってくれ!」

「主様が私にお願いを……。このエーファ、身命を賭して、その命を遂行します!」

エーファがなぜかうれしそうに涙を流しながら、俺の前に立つ。

「ぐっ、白龍王エーファ様。まさか、そこの人間に操られているのですか? それなら、操っている人間をぶっ殺して、元のエーファ様に戻っていただく!」

なぜか殺気満々のブルック。

簡単に勝負が付くかと思ったのに……。

残念に思いながら相手の出方を待っていた。

すると、何かをするわけでもなく、エーファがゆっくりとブルックの方へと歩み寄り、そして――。

ぽこっ！


今の姿のまま、ブルックの頭を思いっきり殴っていた。

もちろん、弱体化しているエーファの攻撃力はたかがしれている。

龍魔法を使えば、まだ圧倒的な力を出せるが、通常の攻撃はそれこそ俺ですら防げるほどに――。

だから、ブルックにダメージを与えれるはずもなかった。

「え、エーファ様!?」

「このエーファ、黒龍王の呪いにより死にかけた。そんなエーファを助けてくれたのが、こちらにおわす主様、ソーマ様だったわけだ。我が命の恩人を愚弄することはこのエーファをも愚弄することと等しいと知れ！」

「は、ははぁ……」

ブルックが頭を垂れてくる。

「頭を下げるだけで許して貰えると思ったのか？　その命を持って――」

「待て待て！　そこまでしなくていい」

ただ、エーファを思うが故の行動。

確かに迷惑を掛けた人もいるだろうし、このまま深淵の森に滞在してもらうのは困るが、その程度。

ここから離れさえしてくれたら俺たちはそれで構わなかった。

しかし、どうしてドラゴンはこうも違った捉え方をしてくるのか……。

ブルックは涙目になり、感動のあまりワナワナと震えていた。

「どうだ、これが我が主の寛容さだ。人間にしておくには惜しい逸材。まさに神の如き人だろう?」

「ほ、本当にそうでございます。エーファ様が心酔される気持ちも良くわかります。これほどできた人間、他に見たことがありません。人間どもと言ったら、我々のことを素材や食材にしか見えていないと思っていましたが、まさかそうではない人間がいるとは――」

後ろでサッと三つ叉の槍を隠して、涎を拭っていたシロの姿を俺は見逃さなかった。

だからこそ、俺はブルックの言葉に苦笑いを浮かべる以上のことはできなかった。

しかし、戦わずしてドラゴンを制してしまったことを、一緒に付いてきていたルルは驚いていた。

「うそ……、妾がこれほど悩んでいたドラゴンをほんの一瞬で……。妾が今まで悩んでいたのはいったい何じゃったのじゃ……」

「1人だとできないことが、仲間がいたらできるだろう? こういうときに頼りになるんだ」

「ほ、本当にそのようじゃな……」

目の前の光景を見てもまだ完全に信じられないルル。

「せっかくだ。エーファ、ブルックも俺の領地に来ないか誘ってみてくれないか?」

もし来てくれるなら大敵に対する最大の防衛になってくれる。

そう思い、エーファに頼んでみる。

「主様もああ言っている。どうだ、ブルック。エーファたちの領地に来ないか？」

「よ、よろしいのですか？　一度は襲おうとしたこの私を――」

「あぁ、構わないぞ？」

「それじゃあ、ぜひお願いします!!」

ブルックが頭を下げてくる。

その表情はとてもうれしそうだった。

「それじゃあ、これからよろしく頼む。ただ、そうだな。今のままの姿だと俺の領民が驚くかもしれないな。ブルックもエーファみたいに人化したりとかはできないのか？」

「そ、それが――」

ブルックは言いにくそうに言葉に詰まっていた。

すると、ブルックの代わりにエーファが教えてくれる。

「主様、人化の術はかなり高度な術でして……、ドラゴンの最高峰たるエーファはできましたが、ブルックはまだ……」

「なるほどな……」

「いえ、お気になさらないでください。全てはこのブルックの力不足が故。もっと力を鍛えて出直して参ります！」

ブルックはガックリと肩を落として、目で見えるほど落ち込んでいた。

すると、水晶に浮かんでいたブルックのステータスが消えていくのが見て取れた。
ただ、完全に消える前に一つのスキルを発見する。

【名前】ブルック
【年齢】63
【職業】ホワイトドラゴン
【レベル】20（0/4）
『筋力』40（974/2050）
『魔力』30（852/1550）
『敏捷』20（2998/1050）
『体力』24（4110/1250）
【スキル】『龍魔法』8（514/5000）
　『怪力』7（957/4,000）
　『咆哮』5（225/3000）
　『縮小』5（954/3,000）

「もしかして、縮小のスキルって自身の体も小さくすることができるのか？」
それを聞いた瞬間にステータスが消えていくのが止まる。

何とか今は思いとどまってくれたみたいだ。

しかし、それもいつ気が変わるかわからない。

なるべく早く決意してもらわないと……。

「もちろんです。元々自分の体を小さくするためのスキルですから……」

「そうか……。それなら試しに今ここでそれを使ってくれないか？」

俺の考えが正しかったらそれで問題ないはずだ……。

ただ、訳もわからないブルックは不思議に思いながら、縮小を使っていた。

◇◇◇

「ちっこくなりましたね……」

ブルックのサイズは手のひら大に変わっていた。

「どうでございます？　これなら問題ないですか？」

ブルックは不安そうにしながら俺の目の前に飛んでくる。

「確かにこれなら怯える人たちはいなさそうだな。クルシュはどう思う？」

一番普通の人の感覚を持っているクルシュに聞いてみる。

「そうですね。まだ凶暴そうには見えますけど、サイズが可愛らしいので、緩和されてますね。

ソーマさんのペットと言えば大丈夫だと思いますよ？」

「ペ、ペ、ペットだと⁉　この最強種であるドラゴンの私をペットだと⁉」

ブルックが憤慨してみせる。

しかし、それと同時にエーファもワナワナと肩を振るわせていた。

「エーファ様もわかってくださいますか？　最強のドラゴン種がペット扱いなんて万死(ばんし)に値する」

「主様のペットにしていただけるなんて、なんたる名誉。なんたる恩賞。それをこのエーファではなく、ブルックにお与えになるなんて……。え、エーファが何か悪いことでもいたしましたか？」

態度が全く違った。

馬鹿にされたと思ったブルックは悔しがるエーファを見て、困惑している様子だった。

しかし、それは俺も同じだった。

どうして、ここまでエーファはペット扱いして欲しいのだろう？

そこで、エーファが１人孤独だったことを思い出した。

口では強がっていたが、本当は寂しがっていたのかもしれない。

そのことを思い出した俺は、エーファの頭をそっと撫でながら言う。

「エーファは俺の家族みたいなものだろう？　今更何を言ってるんだ？」

すると、周りにいた皆が驚きの表情を浮かべる。

「えっ、エーファちゃんが家族ですか⁉」

「な、何を馬鹿なことを言ってるの⁉」

「ドラゴンステーキ食べたかった……」

「ソーマ様はそこのトカゲに騙されてるんですよ。このアルバンが正気に戻して差し上げます!?」

俺の領民はみんな家族みたいなものだからな。

ということが言いたかっただけなのに、なんでここまで盛大に誤解されているのだろうか？

ただ、それを聞いたエーファは一瞬呆けていたものの、すぐに笑顔に戻っていた。

「えへへっ、ありがとうございます。主様……」

本当にうれしそうな笑顔を俺の目の前で見せてくる。

それを見た俺は思わず頬が赤く染まってしまった。

ソーマたちの様子を遠目で見ていたルルは不思議そうにその光景を眺めていた。

(家族……か)

ずいぶん昔に、自分にも家族がいたことを思い出す。

しかし、そんなモヤモヤはすぐに振り払って、改めてソーマの表情を見る。

今まで敵だったものが楽しそうにしているその光景……。

自分も加われるものならぜひそうしたい。

でも、自分にはそんな権利はない。

(妾が楽しむと他のみんなが不幸になるのだから……)

第3話　魔女ルルの呪い

一歩後ろに引いて、今にも泣きそうな表情をしているルル。

その顔を見てしまった俺は、彼女に近づいて尋ねていた。

「どうしたんだ？　なんだか悲しそうな表情をしていたが？」

「そ、そんな表情してないのじゃ⁉　お主の勘違いなのじゃ⁉」

「そうか？　それならいいが……。それより、このあと俺の領地で仲間が増えたパーティーをするんだが、ルルもくるか？」

「わ、妾が行くと主たちに迷惑が……」

「今更水くさいですよ⁉　ルルちゃん1人増えたくらいじゃ困らないですから……」

クルシュが俺に同意をしてくれる。

確かにここには大飯食らいがたくさんいる。

小柄なルル1人くらい、誤差の範疇だろう。

「そ、そういうわけじゃない——」

「あれっ？　ルルちゃんはご飯いらないの？　それなら私が代わりにもらってあげるね！」

シロがうれしそうにしていた。

しかし、すぐにクルシュが怒った表情をシロに向けていた。

「もう、シロちゃん!!　ちゃんとシロちゃんの分も用意しますから人の分まで取ったらダメですよ！」

「で、でも、食べないならもったいないよ？」

「た、食べないとは言ってないのじゃ!?　ただ、妾は――」

「あっ、食べるんですね。それじゃあ、早速向かいましょう……」

クルシュはシロの手を掴むと、俺たちの前を歩き始める。

「ほらっ、嫌がる奴はいないからな。一食くらい食っていけ」

「い、一食だけじゃからな！　それが終わったらすぐに帰るからな!!」

「あぁ、わかってるよ。それじゃあ、行くか！」

俺たちは先を歩いているクルシュたちに追いつくべく、足早に向かって行く。

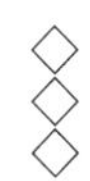

領地へと帰ってくると、早速シロは畑の方へと向かって行った。

まぁ、それはいつものことなので放置しておこう。

「よし、それじゃあ、俺たちもパーティの準備をするか。クルシュとラーレは食材を集めてくれ。シロに全て食い尽くされる前にな」

「わかりました」

「全く、シロがいるせいで慌ただしいわね！」

クルシュとラーレは軽く目配らせをすると、お互い違う方向へと進んでいった。

この辺りは長いこと一緒に暮らしてきただけはある。

言葉に出さずとも、雰囲気で何を取りにいくかわかりあっているようだ。

「アルバンはユリさんを呼んできてくれ。パーティーだと言えば全て察してくれるはずだ」

「かしこまりました！」

アルバンは軽く頭を下げた後、ゆっくりバルグの商店へと向かって行った。

「主様、エーファは？」

「エーファはブルックの相手をしていてくれ。今日の主役の1人だからな。丁重にもてなしてくれ」

「むぅぅ……、チビのブルックにはもったいないですよ……」

「そういうな。これから一緒の領地に暮らすんだからな。大切な仲間だ」

「……仲間と家族ってどっちが上だろう？」

しょうもないことを真剣に考え出すエーファ。

その頭の上には小型化したブルックが乗っていた。

「相変わらず騒がしいメンバーじゃな」

「でも、やっぱり一緒にいると楽しいぞ？」

「それはあるかもしれんな。じゃが、妾は――」

「どうしてそこまで複数でいようとするのを拒むんだ？」

なんだが、ルルが敢えて俺たちを離そうとしているように思えたので、思わず尋ねてしまった。

「ど、どういうことじゃ？」

「俺にはルルが1人でいたいと思っているようには思えないんだ。でも、わざわざ1人でいようとしている。そこには何か理由があるんじゃないのか？」

「そ、そんなものないのじゃ。べ、別に理由があるわけじゃないからな！」

やはり何か事情があるようだった。

でも、それを教えて貰えるほどまだ親しいわけじゃないと言うことか……。

ルルを仲間にするイベントはまだ進行途中なのだろう。

ドラゴンのブルックをいなくさせるだけじゃ、足りないようだった。

「そうか……。まぁ、話したくないのなら無理に話さなくてもいいぞ。そのうち話したくなったらそのときは話くらい聞くからな」

「――すまん。助かる……」

それ以上ルルから口を開くことはなかった。

そして、俺たち2人の時間もクルシュたちによって遮られることになった。

「ソーマさんー！　食材揃いましたよー！」

「ふんっ、これじゃ絶対に足りないからバルグに大量注文しておいたわよ？　それで良かったのよね？」

「あぁ、助かった。それじゃあ、今日のところは大量に飯を食っていってくれ。ユリさんの料理はうまいからな！」

俺がにっこり微笑んで手を差し出すと、今度はルルがその手を取ってくれていた。

そして、小声で「こやつらなら妾の呪いもどうにかしてくれるかもしれないのじゃ……」と呟いていたのを俺は聞き逃さなかった。

パーティーは結局次の日の朝まで続いていた。

最初はみんな大人しく料理を食べていたかと思うと、いつの間にか料理の食べた量を競い合って、アルバンとエーファが争っていた。

更に、それをブルックが煽（あお）る始末。

そして、大食い対決が始まったかと思うと、いつの間にかそこにシロが加わって、シロの圧勝。

そこで一旦騒動が収まったかと思うと、クルシュが目を回して、ソーマにしがみついていた。

どうやら、アルバン秘蔵の酒をジュースと間違えて飲んでしまったらしい。

「なんで、ソーマさんは私のことを見てくれないのですか⁉　私はこんなにソーマさんのことを想っているのに……」

むっとした表情を見せながらソーマに詰め寄るクルシュ。

「ちょっ⁉　く、クルシュ、飲み過ぎじゃないか？」

ソーマがアタフタとしている様は中々珍しい光景でもある。

「そうやっていつも誤魔化して……。今日こそははっきり答えをもらうのですから……。くぅ……」

結局ソーマに詰め寄りながら、そのまま倒れるように眠りについてしまった。

その様子をソーマは苦笑して見つめていた。

そんな光景を少し離れた場所で料理をつまみながら眺めていたルル。

とても幸せな光景。

そこに自分も加われたらどれほど幸せだろうか。

でも、やっぱり自分は加わるわけにはいかない。

自分に掛けられた呪い。

ルルが幸福を感じた分の倍、ルルと近くにいる人たちに不幸が訪れるというデメリットスキル『不幸』。

これのせいでルルは1人でいることを余儀なくされていた。

誰かが近づいてきたら絶対に不幸にしてしまう。

そして、自分も不幸になる。

だからこそ、誰も来ないような深淵の森に居を構え、誰も近づいてこないように噂を流していた。

全ては自分のスキルのせい……。

そのせいで自分は深淵の魔女なんて呼ばれるようになってしまった。

本当は近い年の子らと遊んでいたかった。

でも、そんなことをして自分が幸福を感じてしまったら……。

「うん、ルルは幸せなんかじゃないんだからね……」

暗い表情を見せながらぽつりと呟く。

誰にも聞かれていないと思い、魔女らしい話し方はせずに。

しかし、それをバッチリ聞いている人間がいた。

「なんだ、やっぱりあの魔女の話し方は作っていたのね。そんな気がしたわよ」

「えっ!?」

全く気配がしなかったのに、振り向いた先にはラーレがいた。

「なんだか深刻そうな表情をしていたからね。ちょっと気配を消させてもらったわよ。こう見えても私はこの領地の斥候を担っているから」

「あっ……」

「大丈夫よ。今聞いたことは誰にも話さないから」

「それを信用しろと?」

「まぁ、1人で暮らしてきたあんたには信用できる言葉じゃないわよね? それは私も良くわかるわよ」

「る、ルルのつらさをわかるはずがない! ルルだって本当はみんなと楽しく話したい! 一緒に笑っていたい! 友達を作ったり、恋をしたり……、年相応のことをしてみたかったの! でも、でも、それをしたらどんな酷いことが起こるかわからないでしょ!?」

目から涙を流しながらラーレに詰め寄るルル。

それが心からのルルの叫びだった。

そして、それを聞いたラーレはため息交じりに答える。

「そこで誰かを頼れないからあんたは弱いのよ」

「なっ!?　ルルがどれほど思い悩んだと思ってるの！」

「そんなこと知らないわよ！　私はあんたじゃないからね。でも、私も同じように悩みを抱えていたことがあるの。１人じゃどうにもできないほど大きな悩みをね。莫大な資金が必要になるような、それでいてお金があったとしても解決できるかどうかわからない悩みだったの。それを笑いながら『俺が何とかしてやる！』って言ってのけた馬鹿な男がいるのよ」

ラーレはクルシュに抱きつかれて、困惑の表情を浮かべているソーマに慈しみの視線を送っていた。

「まだ私の問題は解決していない。でも、あいつらと一緒にいたらいつかはそれも解決すると思うの。私の悩みを共有してくれるおバカなほどにお人好しなあいつらとなら……」

「で、でも、そんなことをして、あの人たちにまで迷惑を掛けたら――」

「そんなこと、俺が気にするとでも思ったのか？」

「えっ!?」

いつの間にかルルたちの側にソーマが来ていた。

「なんだ、そんなことで悩んでいたのか」

「そんなことって！　ルルがこれまで、どれほど、この呪いで悩んでいたと思うの！」

「１人で解決できない悩みは誰かに頼れ！　ここには馬鹿が付くほどのお人好しがたくさんいるのだろう？」

「……聞いていたのね」

ラーレはどこかばつが悪そうにしていた。

本当ならルルとラーレの話に入るつもりはなかったのだが、ついつい俺の話が出てきたので会話に参加してしまった。

「全く……。どうせルルのことを、ずっと気に掛けていたんでしょう？　あいかわらずなんだから……」

ラーレはやれやれと両手を振っていた。

「まぁ、当たらずとも遠からずだな」

「まぁ、この領地の領主がこう言ってるのだから、素直に聞いておいたらいいんじゃないかしら？」

「い、いいの？　ほ、本当に？　だって、ルル、みんなに迷惑を掛けちゃう……。またルルの前からいなくなっちゃう……。そうなったらもう二度と立ち直れないよ……」

ルルはぽろぽろと涙を流しながら、それでも期待のこもった視線を俺に送ってくる。

ここの返答は特に大事だろう。

「安心しろ……とは言えないな」

「やっぱりそうだよね……。うん、わかってたよ。迷惑を掛けてごめんね……」

ルルは１人帰っていこうとする。

その手を俺は掴んでいた。

「待て！　冷静に考えてみろ。俺１人の力なんてたかがしれている。今までルルが１人でどうにかしようとしても、どうすることもできなかったんだろう？　それならたった１人の力だとどうすることもできないのは自明の理だろう？」

「うっ、それはそうですけど……」

「でも、１人で頑張る必要なんてないだろう？　だってここにいるのは俺１人じゃない。少し脳筋なところもあるけど、力仕事はとても頼りになるアルバンがいる。暴走しがちだが、その力はこの領地最強のエーファがいる。勝手に食糧を食べてはクルシュに怒られている聖女のシロがいる。鈍くさいところもあるけど、みんなをよくまとめてくれているクルシュがいる。興味がないフリをしながらも、一番みんなのことを気に掛けてくれているラーレがいる」

「ふ、ふんっ、べ、別に気になんか掛けてないんだからね!?」

ラーレが恥ずかしそうにそっぽを向いていたが、俺は気にすることなく話を続けていた。

「更に今日新しくブルックという強大な戦力も加わってくれた。何もできない領主の俺だけだと、どうすることもできない問題もこれほどの人材が集まったらどうだ？　何とかなりそうに思えないか?」

　にっこり微笑みかけると、ルルの目から更に涙があふれ出していた。

「で、でも、みんなに迷惑を掛けるかも……」

「大丈夫だ。迷惑を掛けられるのは慣れっこだ」

「怪我をするかも……」

「治すための薬は準備してあるし、そうならないためにも死力を尽くす」

「うぅぅ……、ほ、本当にルル、ここにいてもいいの? みんなと暮らしていいの?」

「もちろんだ! この領地はルルを歓迎するぞ?」

「あ、ありがとう……、ソーマ……。ありがとう……」

　何度も嗚咽(おえつ)を堪えながら、ようやく搾り出してきた言葉。

　そして、俺に抱きついてくると、そのままワンワンと泣き出していた。

　しばらくすると、ルルは泣き止んでいた。
　必死に目を擦り、笑みを見せていたが、その目は赤く腫れており、泣いていたことが一目瞭然(いちもくりょうぜん)だった。
「いいところを持って行かれたわね」

「そんなことないよ。ラーレがいてくれたから何とかなったんだよ」

「まぁ、いいわ。後のことは任せたわよ」

ラーレは手をひらひらと振ってくるとそのままクルシュたちの方へと向かって行った。

「ルルは……、ちょっと顔を洗った方がいいか？」

「う、うん、そうしたいかな……」

「わかった。あまり目立つのも嫌だろうから、俺の家へと来るか？」

その言葉を聞いたルルは一瞬顔を赤めていた。

「えっと、ち、違うぞ？　そういう意味じゃない……」

「わ、わかっているよ……。うん、大丈夫……。ありがと……」

大人しくなったルルは素直に俺の後をついてくる。

その間に俺は水晶でルルのことを見ていた。

【名前】　ルル
【年齢】　２００
【職業】　魔女
【レベル】　25（0/4）
『筋力』　5（12/300）
『魔力』　65（684/3300）

『敏捷』 25（74/1300）
『体力』 5（4/300）
【スキル】『闇魔法』 10（31/5500）
『調合』 8（125/4500）
『罠作成』 10（45/5,500）
『青い鳥』 ーー

あれっ？　別にルルに不幸なんてスキルはないけど……？

それにレベルがないスキルが一つある。

さすがにこういったものは見たことがないので、不思議に思ってしまう。

だからこそ、そのスキルをより詳細に調べてみる。


『青い鳥』

不幸を乗り越えたものに幸運を与える。


この説明文を読んでいる限りだと、別に悪いスキルのようには思えない。

ただ、その不幸の度合いによるかもしれない。

あと、このステータスが表示できたということは、ルルもここの領民になってくれることを承諾してくれたってことでいいだろう。

俺の家へとやってくると、ルルを風呂に案内していた。

そして、俺は自分の部屋へと戻ると、疲れが出たのかそのまま眠りについていた。

そして、翌朝。

騒々しくて目が覚めた俺は寝ぼけ眼のまま窓から外を眺めていた。

「あっ、ソーマ様、ちょうどお呼びしにいこうと思ったんですよ」

アルバンが慌てた様子でやってくる。

「どうかしたのか？」

「それが……、突然この領地に大量の魔物が襲いかかってきまして……。今、対策を講じているところにございます」

「ま、魔物が⁉」

今までなら領地レベルを上げたときくらいしかこの領地を魔物が襲ってこなかった。

それがどうしていきなり襲ってきたのだろうか？

疑問に思ってしまうが、とにかく今はその対策を講じる方が先だった。

「わかった。すぐに準備をする。アルバンはそのまま迎撃の準備をしておいてくれ！」

「はっ、かしこまりました」

「あと、エーファやブルックはどこにいる？」

「おそらくこの時間はまだ寝てると思います。今朝方まで騒いでいましたから――」

「くっ、なんて間が悪いんだ……」

魔物からしたらこれ以上ないタイミングだ。

なにせ昨日騒いでいたおかげで、まともに戦える人がほとんどいないのだから……。

「アルバン、一応ラーレも捜し出して、一緒に行ってくれ。より状況がわかると思う」

「かしこまりました。では、私はこれで失礼します！」

アルバンは一礼すると、すぐに駆け出していった。

「――まさか、領地レベルアップのクエストが勝手に始まっていないよな？」

今の状況で思い当たる節はそのくらいだった。

だからこそ俺は水晶の杖を取り出して、この領地レベルを調べていた。

【領地レベル】 4 (32/32) ［村レベル］
『戦力』 21 (63/120) ［人口］ (24/31)
『農業』 10 (8/55) ［畑］ (8/10)
『商業』 13 (1/70) ［商店］ (6/10)
『工業』 16 (2/85) ［鍛冶場］ (1/1)

「やっぱりそうか。いつのまにか数値を満たしているのか。でも、どうしてクエストが始まっている？　いつもなら俺が始めないと始まらないのに……」

もしかして自動で始まる強制イベントとかがあるのだろうか？

確かに数字を見ても次で領地レベルが５。

５の倍数ごとに強制イベントが発生する……、と考えるとこのタイミングで起こることも頷ける。

しかし、昨晩俺の家に泊まっていったルルはそうは思わなかったようで、青白い顔をしていた。

「る、ルルのせいで……。ど、どうしよう……」

「あぁ、この程度のトラブルなら日常茶飯事だ。気にするな」

俺が微笑みかけるが、ルルの表情には陰りが見えたままだった。

「私のせいで迷惑が――」

「いや、これはチャンスだ。せっかくランクの高い魔物が向こうから来てくれてるんだからな。高ランクの素材をゲットできる」

「で、でも……」

ルルの不安ももっともだ。

でも、個々の戦力を考えるとそうそう困る問題は出てくるはずもない。

「安心するといい。あとのことは俺たちに任せて――」

ルルの頭を撫でようとした瞬間に今度はクルシュがやってくる。

「こ、ここにいらっしゃいましたか……」

少し息が上がっているクルシュ。

その様子からおそらく襲ってきた魔物のことだと理解できる。

「どうした?」

「は、はい……。それがその……。襲ってきた魔物がわかりました」

「そうか……。それで相手は一体誰だ?」

「相手はドラゴン。黒龍王です!」

かつてのエーファをも圧倒したドラゴン。

そのことを聞いて、俺は思わず口を噛みしめてしまう。

それほどの相手がなぜ、こんな小さい領地を襲いにくるのか……。

「エーファもブルックもいるからか……」

「ど、ど、どうしましょう……」

「慌てるな、まだ襲ってきてないなら対処はいくらでもできるはずだ!」

「し、しかしどうやって――」

「とりあえず、クルシュはすぐにエーファとブルックを呼んできてくれ。俺もすぐに出る準備をする!」

「は、はい、わかりました。すぐに呼んできます!」

クルシュは大慌てで走って行った。

そして、後に残されたのは俺とルルだけ……。

彼女はますます泣きそうな表情を見せていた。

「や、やっぱりルルがここにいたら迷惑が――」

「そんなことはない!!」

ルルが再びネガティブなモードに入っていたので、俺はすぐに否定していた。

「で、でも……」

「この領地にエーファがいる以上、黒龍王はいつか戦わないといけない相手だったんだ。そのタイミングが早まっただけのこと。特段気にすることもないだろう？」

「で、ですが、相手は私が苦戦したブルックさんよりも強い相手なんですよね？　しかも今度はまともに戦わないといけない……。たったこれだけの人数だと、全滅してしまわないですか？」

確かに全盛期のエーファがいたならまだどうにかなったかもしれないが、今のエーファだとどうすることもできない。

そもそも黒龍王の情報が少なすぎて対策が取れない。

だから、エーファが持っている情報が頼りだった。

「とにかく見てるといい。この程度の不幸なんて跳ね返して、ルルが不幸の魔女じゃないってことを証明してやるからな！」

「う、うん……」

ルルは一瞬驚いたもののすぐに大きく頷いていた。

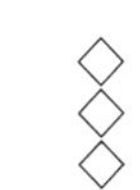

しばらくすると眠たそうに目を擦っているエーファがクルシュによって連れられてくる。

その隣にはキャベツをそのまま齧っているシロの姿もあった。

ブルックは……、まだエーファの頭の上で眠っているようだった。

「ふわぁぁぁ……、まだ眠いよ……」

あくびを噛み堪えていたエーファだったが、俺を見た瞬間にピンと背を貼っていた。

「こ、これは主様!? あ、朝からお見苦しいものをお見せしました」

「いや、そんなこと気にしてない。それよりもクルシュから委細は聞いているな?」

「はい。ついにこのエーファの宿願(しゅくがん)が叶うときが来たのですね。あのドラゴンに復讐するときが――」

「ついにドラゴンステーキが食べられるんだね!?」

シロはずっとそればっかり言ってたもんな。

今までの相手だと食べられたら困る相手ばかりだった。

しかし、今回は違う。

「そうだな、もし倒すことができたら思いっきり食ってもいいぞ?」

「わーい！ それなら本気を出しちゃうよー！」

シロがやる気になってくれる。

これで問題の一つは解決された。

シロという戦力を存分に使うことができるわけだ。

「一応エーファに聞きたい。黒龍王はどのくらいの能力を持っているんだ？」

「エーファからしたらたいした能力は持っていませんね。能力が強い……というより、厄介なスキルを持っている……というタイプですね。エーファに掛けてきた呪いもそうですし、即死魔法や呪術系、あとはデバフ系を得意としていますね」

「即死!?」

さ、さすがにそれはまずいかも……。

いくら対策を取ったとしても一撃で倒されるのは問題がある。

まして、復活魔法がないわけだから……。

「即死魔法は大丈夫ですね。かなり複雑な条件が必要な上に相手の詳細情報も必要になってきて、更に能力差があると効かないので……」

まぁ、そうなるか。

念じただけで相手を殺せるレベルを想定してしまったけど、そんなわけないよな。

だからこそ、エーファは呪いを受けた訳だもんな。

「即死なら既にエーファは死んでる訳か」

「即死なんてこのエーファに効くわけないですよね」

エーファは笑みをこぼしていた。

確かに能力で上だったのなら、エーファに効くはずがないからな。

「でも、能力値に上回ってるのに負けるほどの相手……。かなりやっかいだな」

能力外の強さがあるわけだもんな。

「そうですね。黒龍と言うだけあって、やっぱり闇系統の力は段違いですね」

闇系統……か。それなら聖魔法で対抗はできるのか？

思わず俺はシロの方を見てしまう。

「んっ？　ご飯の時間？」

「も、もう、シロちゃん！　そんなことを言ってる場合じゃないよね!?　とにかく今はドラゴンを追い払わないと!?」

「いや、ご飯の時間でいいな。どうやらこれから向かってくるドラゴンの弱点が聖魔法なんだ。後は言わなくてもわかるな？」

「うん、任せて！　爆破するよ！」

シロが涎を垂らしながらグッと親指を立てていた。

後はそれほど能力がないのなら、全力で強化したら対抗できるかもしれない。

「で、でも、危険だよ……」

ルルはそれでも不安を隠しきれない様子だった。

やっぱり領地の周りには城壁が欲しいな。

ドラゴンが襲いかかってきて改めて思っていた。

今のままでは一気に領地を襲われてしまう。

防衛面で考えるなら、必要不可避だ。

でも、建築を担っているのがアルバン1人だとどうしてもそこまで手を回すことができない。

それに町の防衛の要になる城壁は歪な形ではなく、しっかりとした性能を持っていて欲しい。

そんなことを考えながらドラゴンが来るのを待っていた。

その隣でギュッと体を掴んで、恐怖を噛みしめているルルの姿があった。

「大丈夫、俺たちの領地は俺たちが守るんだからな！」

「全く、その自信がどこから来るのよ」

ラーレが呆れ顔になりながら、ツッコミを入れてくる。

「でも、それがソーマさんの良いところですよ。何とかしてくれそうって思えますから……」

クルシュも苦笑しながらフォローを入れてくれる。

「どうせ、高をくるしかないんだからな。それなら自信を持って挑んだ方が成功しそうだとは思わないか？」

「ははは、こんなところで敗れるはずがありませんからね。ソーマ様は神に愛されしお方ですから……」

「……ピコハンを無理やり渡されただけだけどな」

「神聖武器こそが神の御使いたる証ですから」

でも、よく考えるとあのピコハンのおかげでアルバンとシロがこの領地にいてくれることになったんだよな。

もしかして、普段から装備をしておいた方が良いのだろうか？

そんな疑問が浮かんでくるが、すぐに首を横に振って否定をする。

さすがにピコハンを構えて、魔物に襲いかかる姿は滑稽以外の何物でもない。

普通の武器もろくに使いこなせないが、それでもピコハンを持つよりはいい。

見た目的に……。


「……来ましたよ」

珍しくエーファがちょっかいをかけずに遠くの空に集中していた。

その隣にはドラゴンの姿に戻っているブルックの姿がある。

「相手は暴虐の限りを尽くす黒龍王ですからね。このブルック、エーファ様を精一杯お守りいたします」

「無理だけはしないでくれよ。一応みんなにバフをかけるからな！」

俺は例のごとく、皆を鼓舞することでそのパラメーターを強化する。

これは主にスキル面での恩恵が大きい。

全部＋１されるのだから……。

ただ、これだけではどこまで相手にできるかわからない。

激昂も発動させる。
これは相手に対する怒りによって、周囲のメンバーを強化するスキルだった。
この効果は全パラメーターを倍化させる。
その分、使う制限が出てきてしまうのと、発動の条件も厳しい。
でも、その恩恵はかなり大きい。
その結果、みんなの能力はかなり上がっていた。
例えば、今回の要であるシロの能力だ。

【名前】シロ
【年齢】16
【職業】聖女
【レベル】28（0/4）
『筋力』５＋１［×２］（214/300）
『魔力』80＋８［×２］（624/4050）
『敏捷』20＋２［×２］（6/1050）
『体力』７＋１［×２］（95/400）
【スキル】『聖魔法』14＋１［×２］（651/7,500）
『空腹』５＋１［×２］（984/3,000）

『逃げ足』7＋1［×2］(1,158/4000)
『説得』2＋1［×2］(63/1,500)

頭のおかしい数値になっている。

ただでさえ、魔力だけなら全盛期のエーファに匹敵するシロ。

その力が今や鼓舞で強化されたうえで倍加されている。

とてもじゃないが魔法で勝てる相手はほぼいないだろう。

ただ、デメリットが大きいスキル、『空腹』も倍加されてしまっている。


その結果——。

「お腹すいた……」

「さっきご飯食べたところですよね？」

「うーん、三食きっちり食べたんだけどね。まだまだお腹減ってるんだよね」

「成長期ですもんね」

おそらく俺がスキル能力を上げてしまったのが原因だろう。

ただ、その分だけ能力上昇幅も大きくなるので、完全なデメリットにはなりえない。

そして、しっかり準備を終えると向かってくる黒龍王の姿が見えてくる。

漆黒の巨大な体を持ち、禍々しい魔力を周囲に放ちながら、それを気にすることなくまっすぐこの領地へ向かって飛んでくる。

周りにいる魔物たちはその恐怖から逃げ出しており、まさに孤高の邪龍といった雰囲気だった。

さすがにあれだけの相手、いくら警戒しても足りない。

俺たちも自分の身を守ることを最優先に死なないように――。

「えいっ！」

シロのいつも通りの声が隣から聞こえる。

その瞬間に黒龍王が爆散(ばくさん)する。

「えっ？」

「あっ……、強過ぎちゃった……」

困惑する俺たちを他所にシロは悲しそうな声を上げていた。

「せっかくのドラゴンステーキが……」

「ま、まあ、無事に倒せたんだからよしとするか」

「ステーキ……」

「うそ……、えっ？　な、何が起こったの？」

困惑するルル。

なるほど……。圧倒的数値による攻撃だと、これほどの効果があるんだな……。使うタイミングは気をつけないと。

とにかくこれでクエストはクリアだ。

「……復讐ってあっけないものですね」

エーファがぼんやりと黒龍王がいた場所を眺めていた。

確かにここまであっけないとは……。

いや、シロの魔法力が強すぎるんだな。

俺のバフに上限制限がないのも強い要因だったが。

「強い魔法を使ったらお腹すいた。ちょっと尻尾だけかじってもいいかな？　ほらっ、その、先っちょだけだから……」

「だ、ダメに決まってますよ!?」

シロが涎を垂しながらブルックにお願いをしていた。

もちろん、ブルックは大慌てで首を横に振っていたが、すでにシロの口にその尻尾が収まっていた。

「もぐもぐ……。あんまりおいしくないね……」

「と、当然であろう。私は食材じゃないですから……」

「仕方ないから、キャベツで我慢しておくね」

「最初からそうしてください！」

相変わらず食べ物のことしか考えがないシロ。

「こ、こんなに不幸が簡単に回避されるなんて……」

ルルは信じられないと言った表情で周りを見ていた。

「当然だろう？　俺１人じゃ何もできないけど、みんなが集まったらなんでもできるわけだからな」

「改めて実感したよ……。うん、ソーマを頼って良かったよ……」

◇

結局俺たちは２日続けてパーティーをすることとなっていた。

黒龍王の死骸は爆破された結果、さすがにほとんど残っていなかったが、飛び散った肉片からかろうじて１人分くらいのステーキは作れそうだった。

だからこそ、シロの分には黒龍王のステーキが付いている。

「わぁ……、これが夢にまで見たドラゴンステーキ……」

シロは涎を垂らしながらうれしそうにドラゴンステーキを一口、頬張っていた。

そして、首を傾げていた。

「……あんまりおいしくない」

「だろうね……」

どちらかと言えば呪いを司っているドラゴンだったのだから、普通に考えておいしそうには見えなかった。

それでもあっという間に平らげてしまったシロ。

しかし、それだけでは足りないようで他の料理を食べ始めていた。

そして、俺は1人ポツンといたルルの側に近づいていった。

「どうしたんだ？　もっとみんなのところへ行ってもいいんじゃないか？」

「そうなんだけどね……。でも、こんなに簡単に不幸が解消されるんだってことを思い知らされてね……」

「ははっ、この領地の特徴でもあるけどな。ほらっ、ここはいろんなタイプの人間がいるだろう？普通の人は少ないかも」

「そうだね。確かに聖女がいたりドラゴンがいたり、おっさんがいたり……」

「おっさんというと普通の人になるけどな……」

「変わり者の領主がいたり、お節介な猫ちゃんがいたり……」

「誰が猫よ!?」

俺たち2人だけかと思ったら、ラーレも心配してくれたようで、建物の影からその姿を現していた。

全く気配を感じなかったのはさすがラーレと言ったところだろう。

「ラーレも心配してくれたんだな」

「まぁね。私も似たような経験をしたことあるから、放っておけなくてね」

「そっか……」

俺たちの領地に来る前の話をしているのだろう。

金を稼ぐためならなんでもしようとしていた昔の自分を――。

「でも、あんたがついてくれてるのならもう安心ね。ソーマはお人好しだから安心して頼るといいわよ」

「まぁ、俺は俺で打算を持って力になっているのだけどな……」

「あははっ」

ラーレに笑われてしまう。

「あんたにそんな打算とかは似合わないわよ。もっと素直に行動する方があんたらしいわよ」

「はははっ、違いないな」

俺たちが笑っているとルルも小さく笑っていた。

「うん、本当にありがとう……」

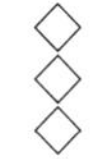

黒龍王を討伐し終えた翌日、俺たちは盛大に寝坊をしていた。

それもそのはずで2日続けてのパーティー。

しかも、そのどちらも朝まで続いていたことを考えると寝坊をしてもおかしくない。

むしろ起きていられる方がおかしかった。

「ふわぁぁぁ……、よく寝たな……」

すっかり日が昇りきった後に起きた俺は大きなあくびをして、ベッドから起き上がっていた。

あれだけいろいろなことが起こった後なのに、何事も変わらない平穏な日常。

その幸せを噛み締めないといけないかもしれない。

服を着替えた後、いつものように食堂へと移動すると、クルシュが慌てふためいていた。

「あっ、そ、ソーマさん……。も、申し訳ありません。まだ朝食の用意ができてなくて……」

「いや、気にするな。ゆっくり準備してくれたらいいからな」

「そ、そういうわけにはいきません。ソーマさんのメイドとして、寝坊なんてあるまじき行い……」

あたふたと慌てているせいで、いつも以上に派手にやらかしている。

床には割れた皿が散らばっているし、そもそもクルシュの格好がめちゃくちゃだ。

髪はボサボサだし、寝巻きの上からいつもの服を着ている。

そんな状態だから、俺は一度ため息を吐く。

「そんなに気にしなくていい。それより、今の自分の格好を見たらどうだ？」

「はっ⁉ し、失礼します……」

顔を真っ赤にして大慌てで出て行った。

しばらくするとクルシュが戻ってくる。

その格好はようやくいつもの格好だった。

「お騒がせしました……」

「いや、気にするな。クルシュも疲れてるんだろう？　ここ数日、いろんなことがあったからな」

「いえ、それでも私はソーマさんのメイドですからしっかりしないと！」

グッと両手を握りしめるクルシュ。

その様を見ていた俺は、ため息を吐きながら告げる。

「今日、クルシュは1日休みな。好きなことをして、体を休めるといい」

「はいっ！　って、えぇぇぇぇ……!?」

休みを告げた瞬間にクルシュの大声が部屋をこだました。

結局クルシュ1人だと、休みに何をしたらいいかわからない、ということなので、俺と2人で領地内をぼんやり歩いていた。

これだといつもとしてることが変わらない気がするけど、俺の腕を掴んでいるクルシュは嬉しそうに微笑んでいた。

「本当にこんなことで良かったのか？　やってることがいつもと変わらないけど？」

唯一違う点といえば、腕を掴まれていることだろうか？

こんな小さな領地内だと道に迷うことはないと思うが、念には念を入れているのだろう。

「はいっ。私はこうやってソーマさんと一緒にいられるだけで幸せですから……」

「まぁ、それならいいんだけどな……」

苦笑を浮かべながら領内を見て回るとちょうどバルグの店の隣でアルバンたちの姿を発見する。

昨日あれだけ騒いでいたにも拘わらず、今日にはもう仕事をしてくれている。

本当に底なしの体力だな。

今ではなくてはならない存在となっているので、この領地にいてくれるだけありがたい。

「アルバン、精が出るな」

「これはこれはソーマ様。おはようございます」

「別にわざわざ手を止めなくていいぞ？　それよりもこれって……」

アルバンが建築している場所はバルグの商店の隣。

つまり――。

「うん、早速ボクの料理屋を作ってくれてるんだ。本当にありがたいね」

やはり、ユリさんの料理屋を作ってくれているようだった。

これも必要な物だからな。

それにやっぱりアルバンがいると建物の建築が捗ってくれる。

「何か手伝うことがあったら言ってくれ」

「いえ、ソーマ様のお手を煩わせるようなことではありませんので。どこぞのトカゲにでも頼んでおきます」

「だれがトカゲですか!?」

アルバンの体を思いっきり蹴ってくるエーファ。

しかし、ステータスの差が大きすぎる故にアルバンには全くダメージは通らない。

「ははは っ、それじゃあ私たちは建築の続きを始めていきたいと思います。ユリ殿にはどこに何を置くか、指示をお願いしたい」

「うん、任せて!」

「——っす」

バルグも一緒にユリとついて行く。

その感も相変わらずアルバンとエーファは喧嘩をし会っていたので、俺は苦笑しか浮かばない。

「相変わらずの2人だな」

「仲が良いことは良いことですから……」

「それにしても、エーファはあっさりしていたな」

「……どういうことですか?」

「ほらっ、だって自分に呪いを掛けた因縁の相手があっさりシロに倒されていただろう? それなのにあまり何も言わないんだなって……」

「あぁ、そういうことですか。結構思うところはあると思いますよ。だって、さっきのアルバンさんに対するツッコミ、いつにも増して威力が低いですよね? きっと思うところがあって、力が入ってないいんですよ」

「確かになんだかあまり効いていなさそうだったよな。ステータスに差があるからだと思っていたけど」

「それでも、エーファちゃんは経験豊富ですからね。相手にダメージを与える方法はいくらでもあるはずですよ」

確かにいつものアルバンはもう少し痛がっている。

そのことを考えるとエーファにも思うところがあったのだろう。

「一応少し気に掛けておくか……」

「それがいいですね」

遠目でアルバンたちのことを眺めていると、確かにアルバン自身もさり気なく気を遣っているようだった。

いつもほど切れの良いツッコミをせずに、さり気なく構っている、に留まっているようだ。

よく見ると建築資材はほとんどアルバンが持っているし、実際の建築もアルバンがしている。

エーファはただ側にいるだけなのだ。

いつもならエーファが邪魔をしたり、アルバンが無理やり働かせたり……しているのだが――。

まぁ、すぐに元の関係に戻るだろうけど……。

そんなことを思いながら俺たちは次の場所へ移動するのだった。

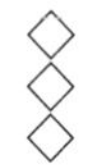

今度はシロのいる畑へとやってきた。
すると、そこにはなぜかブルックもいた。

小柄なドラゴンサイズになってシロの側を飛び回っているようだった。

「シロ様、シロ様。本当に昨日の魔法、凄かったですね」

「えー、そんなことないよ。あのくらい、クルシュちゃんにもできるからね」

「ほ、本当なのですか!?　とてもそうは見えなかったんですけど……。つ、つまり、そんなクルシュ様が付き従っているソーマ様は――」

「もっと強いんだろうね。きっと……」

「や、やっぱりそうなのですね……。さすがエーファ様が付き従っているお方だ……」

なんかとんでもないことを話しているように思える。

「まてまて、勝手に人を最強みたいに言うな。俺の能力はクルシュにも劣るぞ？」

「……ふぇっ!?　そ、そんなことありませんよ!?　ソーマさんは私なんかよりもっともっと立派で強くてその……」

「あぁ、褒めてくれるのはありがたいが数字的にはここは変えられないんだ……。もっと俺自身が鍛えないと……」

そう思いながら、最初の時以来の自身の鑑定を行う。

【名前】ソーマ
【年齢】24
【職業】辺境領主

【レベル】　１（0/4）
『筋力』　１（86/100）
『魔力』　１（0/100）
『敏捷』　１（24/100）
『体力』　１（87/100）
【スキル】『鼓舞』　１（684/1,000）
『激昂』　１（4/1,000）

ようやく次へ上がりそうな雰囲気はあるけど、相変わらずの数値だ。

まだ体力が２になっているクルシュの方が強いわけだ。

まぁ、この数値はあくまでも数値化した本人の能力……と言うだけでしかない。

俺みたいにスキルで味方にバフをしていくタイプや、クルシュみたいに後方支援するタイプは、正直パラメーターが小さくてもどうにかできる。

しかし、ブルックはそうは思っていないようだった。

「そ、そんなことありませんよ!?　先ほどの素晴らしいシロ様の魔法を見ましたよね？　ソーマ様ならそれ以上の力を発揮できるのですよね？」

「もちろん無理だぞ？」

「へっ？」

ブルックは一瞬固まっていた。

「そ、そんなことありませんよね⁉　だ、だって、ソーマ様はあの白龍王エーファ様がお認めになったお方……。とんでもない力をお持ちのはずです‼」

「俺の力はあくまでも自身の領地や領民を鍛えることだけだ。まぁ、昨日のシロの魔法も俺のバフが乗っていたからいつも以上の力を発揮していた……とも言えるが」

「や、やっぱりそうですよね⁉　シロ様のお力の源はソーマ様なんですね」

ブルックが納得していた。変な方向で……。

まぁ、本人がそれでいいなら俺が口出しすることでもないか……。

「ところで、こんなところで何をして――。いつもの食事か」

シロが畑にいる……と考えるとやることは一つしかなかった。

そこまで深く考えても仕方ないな。

「お兄ちゃんもキャベツ食べる？」

シロが少し悩んだ後、一番小さいキャベツを差し出してくる。

もちろん、俺はキャベツを一玉、丸々食べる趣味はないのでそのままシロに返していた。

「それはシロが食べてくれ」

「えっ、いいの⁉　食べたら返せないよ？」

「もちろんいいに決まってるだろう？　遠慮なく食うといい。どうせまた明日には元通りに戻っているからな」

シロはうれしそうに野菜を食べ始めていた。

「ここの野菜、おいしいけど、毎日だと飽きてくるね。野菜以外のものは生えてこないの？」

「ははは っ……、ここは畑だからさすがに生えてこないな」

なんでも生えてくる万能畑とかそういったものならまた変わったのかもしれないけど、さすがにそういった物ではない。

だから、野菜しか生えないのは仕方ないことだった。

「それなら、私目が今度ワギューという魔物を捕らえて参りましょうか？　その肉は至高の一品と言われており、一度食べたらもう二度と忘れられないと有名なものにございますよ？」

それを聞いた瞬間にシロの涎が滝のように流れていた。

「ちょ、ちょっと、シロちゃん!?　さ、さすがにはしたないですよ!?」

驚いたクルシュが慌ててハンカチをシロの口に当てていた。

「ありがとう……」

クルシュはサッと口を拭いた後、冷静になった素振りを見せながらブルックに聞く。

「そのワギューという魔物は簡単に捕れるものなの？」

「かなり希少種ですね。そう簡単には見つからないとは思いますけど、シロ様のためなら——」

すっかりブルックはシロの信者になっているな。

エーファに対してもこうだったのだろうな。

自分の身を犠牲にしてまで、エーファのことを探していたわけだもんな。

「んっ？　和牛？」

その魔物名、どこかで聞いたことがあるなと思ったら……。

「ちょっと発音が違いますね。和牛ではなくて、ワギューです。最後が下がるんですよ」

ブルックが詳細に教えてくれる。

でも、おそらく、俺以外にこの世界へやってきた人がいて、その人が名付けたのだろう、ということが容易に想像できる名前だった。

もしかすると、今も俺以外にいるのか？

そもそも、俺１人だけ転移した……ということは考えにくいよな。

「もしかして、その魔物はこの領地で放し飼いにして育てることとかできるんじゃないか？」

「……さすがに相手は魔物ですから危険だと思いますよ？　魔物使いがいないと……」

ブルックが難色を示していた。

「この領地に魔物使いは……いないか」

そもそもの人が少ないのだから仕方ないだろう。

しかし、ブルックはポカンと口を開けていた。

「そうだった。私が魔物を操ることもできるのでした……」

えっ？　そうなのか？

でも、ブルックのスキルに魔物を操る系のものはなかったはず……。

いったいどういうことだろう？

俺が首を傾げているとブルックが言ってくる。

「それなら実際にワギューを捕まえてきますね。見ていてください。私も役に立つところをお見せしますので」

それからブルックは飛び去ってしまい、あとには俺たちだけが残されていた。

「えっと、ブルックはあのまま放っておいていいのか？」

「私のご飯を取ってきてくれるって言ってたから大丈夫だと思うよ？」

「えっと、シロちゃんはこのあと、どうするつもりですか？　良かったら私たちと一緒に領地を見て回りませんか？　いろいろと教えてあげますよ？」

確かにシロもこの領地に来てからまだ間もないんだよな。

あまりにも馴染んでいるのでそうは思わないけど……。

「うーん、魅力的な提案だけど、今日は遠慮するね」

「そう……ですか。用事があるのですね……」

「私にはないけど、クルシュちゃんにはあるみたいだからね」

小声で呟いたその呟きはクルシュの耳には入らなかったようだ。

「それよりもお兄ちゃん!?」

「んっ、なんだ？」

「クルシュちゃんに手を出さなかったら許さないからね！」

「あ、当たり前だろう!?　そ、そんな手を出すだなんて……。あれっ？」

してやったりのシロと顔を真っ赤に染めるクルシュ。

今のシロの言葉、なんだかおかしくなかったか？

普通なら手を出したら怒る……だから、ついつい今回もそっちだと思い込んでしまった。

しかし、よく思い返すと全くの逆。

手を出さないと怒ると言っていた。

「し、し、シロちゃん！？！？　な、なにを⁉」

「あははっ…、それじゃあ、またねー！」

とんでもない騒動だけ残して、シロは去って行った。

ただ、後に残された俺たちは気まずい空気に包まれていた。

「そ、ソーマさん、さっきのシロちゃんのことは気にしないでください……。あ、あとで言い聞かせておきますから……」

「そ、そうだな……。き、気にしてないぞ……」

クルシュの方を向くとちょうど目が合ってしまい、恥ずかしさのあまり顔を背けてしまう。

ただ、これだと話が進まない……と、もう一度覚悟を決めてクルシュの方を見る。

すると、彼女もちょうど覚悟を決めたようで、同じタイミングで振り向いてしまい、また目が合ってしまう。

そして、再び俺たちは顔を背けてしまっていた。

しかし、その光景があまりにも滑稽で、思わず笑ってしまう。

「あははっ……」

「ふふっ……」

すると、俺の笑い声に釣られたのか、クルシュの方も笑みをこぼしていた。

「シロに踊らされすぎたな」

「そうですね」

「とりあえず、次はルルたちの様子を見に行くか」

「ラーレちゃんとも今日は会っていませんね？　いつもならすぐに顔を出しに来るのに」

確かに今の状況になったらからかってくるのがラーレだった。

どおりで中々話が進まなかったわけだ。

「でも、どこにいるんだろうな？」

「ゆっくり探しましょう。まだまだ時間はありますので」

そう言いながら再びクルシュは俺に向かって手を差しのばしてくる。

その顔はさっき以上に真っ赤だった。

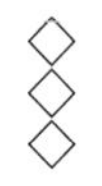

ラーレは誰も住んでいない空き家の近くで発見した。
どうやら部屋の中を探っているようだが、新しい家でも探しているのだろうか？

「ラーレ、こんなところでどうしたんだ？」

「あっ、ソーマ？　クルシュも……。どうかしたの？」

ラーレは不思議そうに聞いてくる。

ただ、俺たちが手を繋いでいるところを見て概ね察してくれた。

「こんなところにいてていいの？　2人でデートをしてるんじゃないの？」

「で、で、デートだなんて、そ、そんなことないですよ⁉」

クルシュが顔を真っ赤にしながら必死に否定していた。

「そうだぞ。ただ、この領地内を見て回っているだけだ」

「まぁ、そういうことにしておいてあげるわ。それにいつまでも私と話していたら邪魔よね？　さっさと2人でどこかへ行くといいわ」

ラーレはシッシッと手を振ってくる。

それを見ていたクルシュが更に顔を真っ赤にしていた。

「わ、私はそんなこと別に言ってないですよ……」

「それより、ラーレ。ルルは見なかったか？」

「それより……ってどういうことですか？　わ、私は――」

「ルルなら深淵の森にある家へ戻ったわよ」

「えっ⁉」

ど、どういうことだ？

この町に住んでくれるって言っていなかったか？

もしかして、昨日の騒ぎを見て嫌になったとか？

頭の中がグルグルと回り、困惑してしまう。

「あぁ、違う違う。ほらっ、この領地に来るにしても荷物があるでしょ？　それを取りにいったのよ」

「あぁ、そういうことなんだ……。びっくりしたぞ」

どうやら俺の勘違いだったようだ。

ちゃんとルルはこの領地へと来てくれるようだった。

「でも、もっとゆっくりしてから荷物運びをしてくれても良かったんだけどな」

「それが一刻も早くこの領地に来たいんだって……」

「それでも一言言ってくれたら荷物運びくらい手伝ったのにな――。アルバンが」

この領地で荷物を運ぶのに役に立つのはアルバンくらいしか思いつかなかった。

「私もブルックあたりに頼んで、一気に運んだらどうって言ったわよ。でも、一旦1人で運びたいんだって。まぁ、あの家に思い出もあるでしょうし、ゆっくり待ってあげましょう」

「それもそうだな」

確かにルルの場合だとかなり長い時間、あの家に住んできたわけだからな。

別れを告げる時間とか欲しいのだろう。

しばらくは戻れなくなるわけだから……。

「あの森まで領地を広げたらどうだろうか？」

いったいどのくらいまでレベルを上げる必要があるのかはわからないけど、それでもルルのためにした方がいい気がする。

そんなことをぼんやりと思っていた。

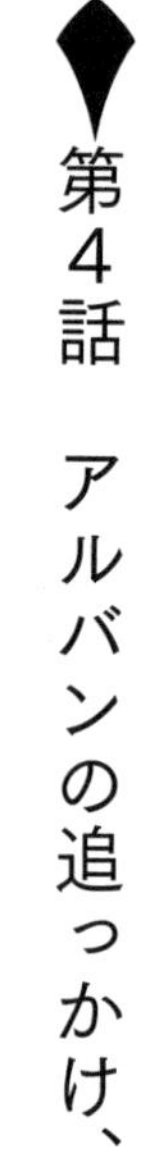

第4話　アルバンの追っかけ、ルイス

ルルが出かけてから数日が過ぎた。

領内ではなんのトラブルもなく――。

「この筋肉ダルマ！　今日という今日は許さないよ！」

「それはこっちの台詞だ！　建てた建物を壊しやがって！」

「あんな邪魔なところに建てるのが悪いんだよ！」

「あの場所に建てないとダメなんだ！」

「邪魔なら壊すしかないでしょ？」

うん、いつもどおり平穏な領地――。

「あーっ、シロちゃん、また貯蔵してる食材を食べましたねー！」

「もぐもぐ……、た、たべてないよ？　た、食べてないからね!?」

「どこからどう見ても食べてるじゃないですかー!!」

うんうん、いつものこの領地だ。

トラブルだらけの――。

この騒々しさが逆にいいのかもしれない。

そう思うことにしておこう……。

そんなときにようやくブルックが戻ってきた。

ただ、巨大なドラゴンの姿のままで……。

そして、その足にはどこかで見覚えのある白と黒の動物が掴まれていた。

うん、牛……ではなくシマウマだった。

なぜワギュー？

そもそもおいしいのか？

そんな疑問が浮かんでしまう。

でも、あのブルックが自信を持って薦めてきているのだから、味に関しては間違いないのだろう。

ただ、この違和感はどうしても拭いきれないのは、仕方のないことだろうか。

「ワギューです！」

「ウマだよな？」

「魔物ですよ？　ワギューという名前の」

俺の前にワギューを置いたブルックは元の小柄なサイズへと戻っていた。

そうなると後に残されるのはワギューという名の魔物。

サイズは普通のウマより一回りほど大きい程度。

さすがに俺が持ち上げることはできない。

だから、こんなところに置かれても困るんだけど……。

「この魔物、生きていないか？」

よく見るとまだ息をしているようだった。

「この魔物をこの領地で飼うんですよね？」

「あ、あぁ、飼えたら助かるが魔物使いがいないぞ？　本当にブルックがするつもりか？」

小柄なドラゴンの姿で本当にできるのだろうか？

そんな不安に駆られるが、ブルックは自信ありげに頷いていた。

「もちろんにございます。少しでも私が有能なところを見せて、見捨てられないように頑張ります！」

「そんなことをしなくてもブルックも俺の大事な領民だぞ？」

もうすでに数字としても加算されているわけだからな。

ただ、本人が気にしているならやりたいようにやらせるべきだろうか？

「あ、ありがとうございます……。ですが、私もしっかりできることを見せて、いつかはエーファ様のように……」

「あぁ、ブルックならいつかきっとなれるよ。そのためには俺たちも力を貸すからな」

「ありがとうございます。ですので、私もできることをさせていただきます。えっと、それで魔物を育てるための牧場を用意したいのですけど、場所ってありますか？」

「そうか……、領地の場所か……」

やはりいい加減に広げないと領地の広さが足りないようだ。

「――わかった。それは準備する。だから今のところはどこか空いている所を使ってくれないか？」

「わかりました。領地の端の方を使わせていただきますね」

ワギューの上に乗り、ブルックは去って行った。

すると、それと入れ替わるように今度は大量の荷物を運んできたルルと出会う。

「ルル、戻ってきてくれたんだな！」

「もちろんじゃ。そなたにこの領地に住むと約束したじゃろう？　妾はこう見えても約束を守る！」

「……しゃべり方も戻ったんだな？」

「わ、わ、妾はいつもこのしゃべり方じゃ！　別のしゃべり方などしたことないわい！」

「ははは、そういうことにしておくよ」

このしゃべり方は作っているのだろうけど、魔女としては素のしゃべり方は恥ずかしいようだ。

だから、俺もそういうことにしておこうと思っていた。

「それよりも凄い荷物だな。よく持って歩けるな」

「この程度、造作もないわ」

「それは凄いな……。俺はとてもじゃないけど、そんな重いものが持てないから感心するぞ」

「あぁ、見ておれ」

ルルが軽く杖を振るとその瞬間にふわふわと荷物が浮かんでいた。

「魔法を使えばこの程度、造作もない」

「――だよな。さすがにルルがアルバンみたいな力持ち……というわけじゃないよな」

少し不安な気持ちに駆られたが、杞憂（きゆう）だったようだ。

「なんじゃ？　妾の姿をあの筋肉みたいに変えたら良いのか？」

「や、やめてくれ。そのままの姿でいてくれ」

ルルがそのままガチムチになる姿を想像して、思わず青ざめてしまう。

そして、慌てて首を横に振って妄想をかき消していた。

「私がどうかされましたか、ソーマ様？」

「あ、アルバン!?　ど、どうしたんだ、こんなところで!?」

いきなり現れたアルバンに驚きの声を上げてしまう。

「この近くで建物の建築をしてたんですよ。すると、私の名前が聞こえてきた気がしまして……」

「いや、アルバンは力持ちだからルルの荷物くらいあっという間に運べるんだろうなってそういう話をしていただけですよ？」

「この荷物を運んだらいいのですか？　よっと……」

アルバンがやはり軽々とルルの荷物を持っていた。

それをルルはポカンと見ていた。

「ほ、本当にこれを持ち上げるのか!?」

「あぁ、アルバンなら持てると思ったぞ……」

「し、信じられないのじゃ……」

「確かに少し重たいですね。これ二つだと困っていたかもしれないです」

「も、もう一つも持てるのか……」

「とりあえず、アルバンに運んでもらうといい……」

「そ、そうじゃな。こっちへ来てくれ」

ルルとアルバンが2人で荷物を運んでいった。

その様子を見送った後、俺は改めて領地のレベルを調べていた。

【領地レベル】 4（32/32）［村レベル］
『戦力』 21（63/120）［人口］（25/31）
『農業』 10（8/55）［畑］（8/10）
『商業』 13（1/70）［商店］（6/10）
『工業』 16（2/85）［鍛冶場］（1/1）

レベルは……上がってないな。

どういうことだ？　黒龍王との戦いはランクアップ試験ではなかったのか？

でも、数字としては足りている。

それならさっさと領地を広げてしまうか。

そう考えた俺は領地レベルを上げるためのクエストが始められるのかを調べていた。

『領地レベルを上げるためのクエストに挑戦しますか？』

↓はい
いいえ

クエスト自体は開始できるようだ。

そうなると、問題はいつ開始するかだった。

今はルルが引っ越してきたばかりだし、ブルックも魔物牧場の準備をしている。

アルバンは建築で忙しそうだし、タイミングを合わせないといけないか……。

水晶をジッと見ながら俺は少し考えていた。

「どうしました、ソーマさん」

「クルシュか。そろそろこの領地を広げようと思ってな……」

「わかりました。みんな集めたらいいですか？」

「いや、最近はみんな忙しそうだからな。タイミングを見計らうのは難しいかもしれないなって思って――」

「でも、今までのはかなり大変じゃなかったですか？　私たちだけだと厳しいと思いますよ？」

「そうなんだよな……」

ランクB～C級の魔物が現れるとみて間違いなさそうなんだよな。

さすがに俺たちだけだと戦力不足すぎる。

かといって、全員を気楽に呼べるほど人数は少なくない。

こうなってくると、戦闘メインの人も欲しいな。

そうしないと、様々な討伐系クエストが出る度に、止まってしまう。

「とりあえず、アルバンにいつ戦えるか聞いておくよ」

「ソーマさんのお願いならいつでもいけるって言いそうですよね」

「さすがに今のアルバンは忙しいからそんなことはないと思うけど……」

「いつでもいけますよ！」

アルバンの返答はクルシュの予想通りだった。

それを聞いた瞬間に俺はため息を吐いてしまう。

「本当に大丈夫なのか？　無理ならそういってくれていいんだぞ？」

「ソーマ様の頼み……。このアルバン、それこそがご褒美にございます。今まで頑張ってきた甲斐があったというもの……。ぜひやらせてください！」

アルバンが心酔しすぎて怖いほどだが、ここは便りにさせてもらおう。

あと、声を掛けるべきなのはエーファとブルックとラーレか？

あとはシロも頼んでおくべきだな。

メンバーを考えて、全員が都合の良さそうな日を考えていた。

結局、メンバー全員が揃う日にクエストを行っていた。

ただ、黒龍王のことを考えるとクエストは簡単すぎて、ここまでメンバーが必要だったのか、疑問が浮かんでいた。

魔物はゴブリンやウルフが多数とオークが10体。

徒党を組んでやってきたので、人数が少なかったら脅威だったかもしれない。

しかし、今の俺の領地には数をものともしない面々が揃っていた。

「ウルフ肉──♪　ウルフ肉ー♪　こんがりおいしいウルフ肉ー♪　香ばしおいしいウルフ肉ー♪　えいっ！」

歌を口ずさみながら、にっこりと笑顔で爆撃を行っていくシロ。

その様子を苦笑しながら眺めていた。

弱い魔物はそれだけで消し飛んでいた。

そして、後に残されたオークはアルバンとエーファの的にされて、かわいそうなほどでもあった。

「筋肉、どっちが主様により相応しいか、あのデカ物を倒した数で競わない？」

「ふふっ、チビトカゲにオークが倒せるとでも？　よし乗った！　ソーマ様のためにこのアルバン、力を尽くします！」

「はいはい、どっちも頑張ってくれ……」

適当に応援しつつ、鼓舞を行うと気がついたときには全てのオークが倒し尽くされていた。

「どっちだ、どっちが勝った!?」

「当然このエーファの勝ちに決まってますよ。ねっ、主様」

エーファが微笑みかけてくるが、現れたオークの数も偶数。

倒されたオークの数も偶数。

勝敗が付くはずもなかった。

「これは……引き分けだな」

「ぐっ……、またしてもソーマ様に褒められるチャンスを――」

「ちっ、この筋肉と引き分けなんて、負けに等しいです……」

２人ともすごい数を倒してくれていたのに、なぜか悔しそうに口を噛みしめていた。

「それじゃあ、アルバン様はあたしと一緒に訓練をしてもらうってことでいいかしら？」

突然アルバンの腕に誰かがしがみついていた。

エーファかと思ったら、それよりも背丈がある。

「って、誰だ!?」

長い黒髪をしたアルバンとほぼ同じ背丈の男性。

ただ、筋肉質のアルバンと違い、どちらかと言えば細身の体型で俺と同じくらいの若い人だった。

突然、気配なく抱きつかれたアルバンが驚きの声を上げていた。

「アルバンの知り合いではないのか？」

「婚約者です！」

「ち、違いますよ⁉　全く知らない奴です！」

「酷いですよ、アルバン様。あれだけ熱い夜を過ごした仲なのに……」

「そうなのか？」

男が赤く照れた様子を見せているので、思わず信じそうになってしまう。

しかし、アルバンは必死に首を振って否定していた。

「ち、違いますすよ、ソーマ様。私とこいつはそういった仲ではなく、元部下になります！」

「実はそうなのですよ。ルイスって言います。アルバン様の追っかけを担当させてもらってました」

ルイスはニコッと俺に向かって微笑んでくる。

「筋肉はそういった趣味だったのか。なるほど……、良い趣味だ。これでエーファは主様と2人っきりで蜜月の日々を過ごせますね」

エーファがルイスに対抗してか、俺の腕にしがみついてくる。

「ちょっと離れてくれ。俺は今大切な話をしてるから」

エーファを無理やり引き離すと改めて俺はルイスの方へ向き直る。

「それで、アルバンの追っかけがこの領地へ何をしに来たんだ？」

「あたしもこの領地に住まわせてもらってもいいかしら？」

ルイスはにっこりと微笑む。

よく見ると、ルイスの腰には二本の細い剣が携えられており、戦うことができるように見えた。

「アルバン、もしかしてルイスって魔物と戦うことは……？」

「もちろん、それなりの実力者です。元々は神聖騎士団……に入ろうと頑張っていた若者でしたので――」

あぁ、入ることはできなかったのか……。

アルバンのその言葉で大体のことを察してしまった。

「えぇ、私が落とし続けてましたので。神聖騎士にはそぐわないかと思いまして……」

権力で落としていたのか……。

思わず苦笑いをしてしまった。

一方のルイスは驚きの表情を浮かべていた。

「あ、あたしが落ちていたのはアルバン様の愛の鞭だったのね……。お前の力はこんなものじゃない。この程度で諦めるつもりなのかって……」

「えっ、ち、ちがっ――」

「任せてください！　いつかアルバン様の目に適う素敵なレディーになって見せますから！」

「あ、あははっ……。な、中々濃い奴だな。アルバンのために頑張ってくれ」

苦笑を浮かべながらルイスに告げると、彼は少しむっとした表情を浮かべていた。

「アルバン『様』ですよ。あなたのような一領主がアルバン様のことを呼び捨てだなんて……いたっ」

ルイスがアルバンに叩かれていた。

「ソーマ様になんてことを言ってるのですか⁉　このお方は神にも等しいお方。いえ、神です！」

いや、違うぞ……。

いつの間にか神にまで昇格されられていることに苦笑をしながら、アルバンの話を聞いていた。

「いえ、神はアルバン様です！」

「私は敬虔な神の使いです」

「わかりました。それなら、私も神を目指します！」

「まぁ……、勝手にしてくれ……」

話を聞くだけで頭が痛くなってくる。

ただ、実力があるのなら、それはそれで助かるのも事実だった。

◇◇◇

ただ、いきなりやってきたルイスに仕事を任せるにしても、どのくらいの実力があるのかわからない。

そもそも、本当に領民になってくれたのかは、ステータスを見るより他なかった。

【名前】ルイス
【年齢】28
【職業】剣士
【レベル】28（0/4）
『筋力』28（354/1450）
『魔力』24（225/1250）
『敏捷』35（367/1800）
『体力』25（367/1300）
【スキル】『剣術』12（584/6,500）
『建築』3（954/2,000）
『軽業』5（365/3,000）

本当にステータスが表示された……。
この領民になってくれたことには違いないようだ。
そして、アルバン同様に建築スキルがある。
これなら領内の建築を手伝ってもらってもいいかもしれない。
人でさえ足りたら、領地の塀なんかも作り始めることができるだろうから……。
それに戦える人が来てくれたこともありがたい。

これで領地のクエストが出たとしても全員を呼ばなくて良さそうだ、

「それじゃあ、ルイス。これからもよろしくな」

「ほらっ、ルイス。ソーマ様が握手を求めているぞ。このあとどうするかわかってるよな？」

「もちろんわかってるわよ。手をはたいて、敵だと認識して、斬りかかればいいのよね？」

「そうだ……。って違う!!　そんなことをしたら、お前を破門にするからな」

「じょ、冗談よ。もちろんしっかり握手を交わしますよ。そのあと、念入りに手洗いをすれば完璧ね」

なんだろう……。間違っていないのだが、すごく傷つく……。

思わず苦笑を浮かべながら、軽く……、本当に軽く握手を交わしていた。

「また変わった奴が加わったわね」

「あはは っ……、こ、これもソーマさんの人望ですね」

「ウルフ肉、うまー」

「主様を害するならエーファが絶対に許さないからね！」

「エーファ様が許さないなら、私も絶対に許しません！」

それぞれが思い思いのことを口にしていた。

それから数日後。

意外とルイスは領地に馴染んでいた。

まず家はアルバンの隣に自分で建てており、アルバン自身が建てたものではないので、断るに断りきれず、そのまま満足げに住んでいるようだった。

そして、毎朝、アルバンと一緒に特訓をしてから、領地内の建築に取りかかってくれていた。

昼になると、ようやく活動を開始したエーファと言い争いをするアルバン。

すると、ルイスが参戦するが、そこにブルックも参戦し、ルイスVSブルックという構図もできあがってしまう。

ただ、それも俺の登場で収まる。

そこから改めて仕事の割り振りと進捗を聞いていく。

さすがに、毎日それを繰り返していたので、数日も過ぎれば俺も慣れてしまっていた。

これがこの領地の風景になりつつあった。

「さて、今日は前のクエスト後にどれくらい領地が広がったかを調べて回るか」

いつもの騒動を無視しながら、俺はクルシュに対して言っていた。

「わかりました。領内でしたら危険はないですよね？」

「まぁ、ここよりは安全だろうな」

今日も争っているアルバンとエーファを見ながら言うとクルシュも苦笑を浮かべていた。

「あははっ……、そ、そうですよね」

「全く、毎日騒がしいわね」

ラーレも呆れ顔を浮かべていた。

「……領地って勝手に広がるものなのか？」

ルルが不思議そうに聞いてくる。

まぁ、普通は国王などに領地を拝借していくものだからな。

俺みたいにボタンを押したら勝手に領地が広がってました……。

なんてことになると、周りの領主が黙っていなくてもおかしくない。

「まぁ、そういう領地があってもいいんじゃないか？」

事情が特殊すぎるので、それ以上言いようがない。

「そっか……。妾もまだまだ知らないことがあるんじゃな……」

「まぁ、ルルちゃんはこれからいろんなことを覚えていきましょうね」

「うむ！　って、今妾のことを子供扱いしなかったか？」

「気のせいですよ」

完全に子供扱いされていたけどな……。

「せっかくだからルルも一緒に来るか？　たいしたことはしないけどな。本当に散歩して回るようなものだけど……」

「うむ、せっかくじゃ。妾も一緒について行くのじゃ」

◇◇◇

領地の広さは一気に倍ほどの広さになっていた。

魔物がいない、ただの森が領地になっている。

これだけ広がったなら建物を作るだけではなく、他にも色々とできそうだった。

畑を整えたり、城壁を作るにも領地を使う。

それに今までは建物を作ることだけに目がいっていたけど、広場を作ったり、領地で訓練するための訓練所を作ったり……。

ここまで広がるとなんでもできそうだった。

ただ、広がっただけだとまだまだ村としか言えない。

せっかくレベルが上がったのに、このままではもったいないな。

それに、外からのトラブルが多く持ち込まれる現状を考えると、やはり早めに城壁を作る必要がある。

特に辺境であるということと、隣の領主に目を付けられていること、他にも様々なトラブルによって、常に外敵からの恐怖にさらされているのだから……。

いくら、エーファやアルバン、更にはシロがいるといっても、個々で対処できる問題には限りがある。

それを考えると余裕ができた今、作るべきはまずは城壁だった。

でも、そのために必要な物を考えると、今の領地にある素材じゃ足りなそうだった。

やはり、城壁といえばブロックなりレンガなり、それなりに頑丈なもので作らないといけない。

そう考えると必要になってくるのは石材。

それもそれなりにランクの高いものを準備すべきだろう。

外敵から身を守るために必要なものなのだから、ここはなるべく強度の高いものを準備しておきたい。

しかし、今この領地で使えそうな石材は一種類だけ。

【名前】石ころ
【品質】Ｅ［石材］
【必要素材】Ｄ級魔石（0/5）
【鍛冶】Ｅ級石材（35/10）→石のオノ

さすがにＥランク素材で城壁を作りたくない。

どれほど弱い城壁になるのか考えただけで想像できるのだから……。

せっかく作るのだから、ここだけはこだわっておきたい。

でも、この領地にある石材は今まで別のものを拾ってきたついでに拾ったものばかり。

あまり、高品質の石材がないのは仕方なかった。

ただ、これから領地を守ることを考えていたら、城壁は必ず必要になるものだった。

「うーん、城壁を作るとなると必要な素材は石材か？　でも、建築スキルにはまだ城壁は表示されてないいんだよな。他にも必要な素材があるのか？　それとも純粋に領地のランクが足りないのか？」

「どうしましたか、ソーマさん。何か悩んでいるみたいですけど」

考え事をしていると、隣にいたクルシュが聞いてくる。

「いや、この領地って色々と目立つだろう？　今までもクルシュがさらわれたり、魔物が襲ってきたりとかもしてたから、そろそろ城壁を作った方がいいのか、って思ってな」

「そ、その……私がさらわれたから……ですか？」

「いや、クルシュだけではないかな。俺にはこの領地に住む皆を守る必要がある。そのためにできることを考えていたら領地を守る城壁がいるかと思えてきたんだ。でも、作るための素材がまだわからないし、無駄骨になるかもしれないが――」

「やりましょう!!」

俺の迷いを吹き飛ばすかのようにクルシュは力強く言ってくる。

「でも、クルシュにも色々と素材を採ってきてもらうことになるぞ？　それが無駄になるかもと考えると……」

「私なら大丈夫です！　むしろやらない理由がないですよ！」

クルシュは目を輝かせて、グイッと顔を近づけてくる。

「そう……だな。ありがとう、クルシュに相談して良かったよ。それじゃあ明日から城壁を作るために頑張るか！」

「はいっ、頑張りましょう」

クルシュが笑みを見せてくれる。

その優しげな表情に何度助けられたか……。

直接はあまり言わないものの心の中でクルシュにもう一度お礼を言っていた。

「んっ？　領地を城壁で囲うのか？　魔法で感知するだけじゃダメなのか？」

そんな俺たちを見ていたルルが不思議そうに聞いてくる。

「いや、それだけだといざ襲われたときに大変だろう？　特にこの前みたいにオークとか黒龍王みたいなやつがこの領地に襲いかかってくるからな」

「た、確かにあんなやつがしょっちゅう襲ってくるならおめおめと暮らしていられないからな」

「まぁ、しょっちゅうって言うほどよく襲ってくるわけではないけどな……」

「でも、あんなドラゴンが襲ってくるならたかが壁程度だと足りないんじゃないか？」

「あっ……」

確かにルルの言うとおり、上空から襲ってこられたら、いくら頑丈な壁を作り上げたとしても意味がない。

そう考えると上空にも何か対策が必要になってくる。

しかし、ドームみたいにすっぽりと覆う形だと、領地内が暗くなってしまう。

なかなか難しい問題だった。

「ふふふっ、まぁ、上空から襲ってくる敵に関しては妾に任せるが良い」

「おっ!?　何か対策があるのか？」

「まぁ、楽しみにしておれ。城壁ができた暁には妾の秘術をごらんにいれようぞ」

「ありがとうございます。ルルちゃん！」

クルシュがうれしそうにルルに抱きついていた。

「だ、抱きつくでない。そ、それに誰がルルちゃんだ！」

「ルルちゃんはルルちゃんですよー！」

「ははは、仲がいいことは良いことだな」

「そ、ソーマ。こやつにやめさせるように言ってくれ」

「むぎゅー」

クルシュが満足するまで抱きしめられていたルルは、ぐったりとした様子で町へと戻っていった。

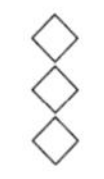

翌日。

俺たちはさっそく石材の採取へ向かっていた。

俺とクルシュ、ラーレといったいつもの面々。

それに追加して、今回はシロとルルが同行している。

今日の目的は石材。

それも今まで拾ったことのないD級以上のものを採取することにあった。

D級が拾えたら御の字。

あわよくば、Ｃ級を採取できれば満足なのだけど……。
そう思っていたのだが――。

「ソーマさん、こっちにも落ちてましたよ」

「あ、あぁ……、助かる……」

クルシュがポンポンとＣ級石材を集めていた。

むしろＤ級石材の方が少ない。

おそらくはクルシュの採取スキルが影響しているのだろう。

【名前】クルシュ
【年齢】18
【職業】メイド
【レベル】1（1/4）［ランクE］
『筋力』1＋1［×2］（29/100）
『魔力』1＋1［×2］（0/100）
『敏捷』1＋1［×2］（46/100）
『体力』1＋1［×2］（28/150）
【スキル】『採取』10＋2［×2］（854/5500）

『釣り』３＋１［×２］（54/2000）
『聖魔法』１＋１［×２］（78/1000）

気がつくとクルシュの採取スキルは10になっていた。

ずっと採取しかしてもらっていないのだから、上がりやすいのも当然だろう。

それと『鼓舞』や『激昂』の効果もあり、採れる石材レベルとしてはＣ級となっていたようだ。

激昂は俺自身の感情に作用してスキルを発動する。

発動自体は大変なものだったが、クルシュが側にいるときはその限りではない。

以前、彼女がさらわれたことを思い出すだけで容易に発動できていた。

しかも、その効果は数値の倍化。

かなり効果があるものになるので、こういうときにはすごく助かる。

そして、採取スキルレベルが20以上あることになっているおかげで、おそらく採取できる素材のランクがＥからＣへと上がっているのだろう。

その証拠に――。

「ほらっ、私も拾ってきたわよ」

「妾も拾ってやったぞ」

「ここの草はまずかったよ……」

ラーレやルルが拾ってきたものはＥランクのものだったのだ。

ただ、クルシュが拾ってきてくれた石だけがＣ級……。

「あ、ありがとう……。あと、シロ……、あまり変な物を食べるなよ。今日は万能薬は持ってきてないからな」

「あははっ、大丈夫だよ、お兄ちゃん。そう思って、毒草を拾ってきたよ」

抜け目がないシロ。

どうやら、いざ毒になったらこの場で薬を作れってことだろう。

そして、その様子を見たいってことまでなんとなく予想が付いてしまう。

まぁ、本当にシロが大変ならそんなことも言っていられないけど――。

「シロ、変なものは食うなよ？」

「んっ？　もぐもぐ……。もちろんだよ？」

もう手遅れだった。

シロはルルから受け取った草を食べていた。

しかし、あまりおいしくなかったようですぐに吐き出していた。

「ぺっぺっ、これもまずいよ……」

「ふむ、残念じゃな」

「こらこら、わざと毒を食べさせるな！」

呆れ顔のまま、俺はルルを注意していた。

しかし、シロもシロだ。

もう少し食べる前に注意して欲しいと思うのは俺のわがままだろうか？
そして、俺は改めてクルシュが拾ってきてくれた石材について調べていた。

【名前】　石ころ
【品質】　C［石材］
【損傷度】　0/100
【必要素材】　B級魔石（0/15）
【鍛冶】　C級石材（0/10）↓レンガ

C級になっても石ころは石ころなんだな。
粘土とかになっててもおかしくないんだけどな……。
ただ、予想通りにC級石材になると、鍛冶でレンガを作ることができるようだった。
これならもしかしたら城壁も作ることができるかもしれない。
そんな期待を持ちながらクルシュにどんどん石材を集めてもらっていた。
それを、俺の下へと集めてもらっていたのだが、ここで問題が発覚してしまう。
「こ、これ……、どうやって持って帰ろうか……」
数が多くなりすぎて持ち運ぶにはかなり大変な量となっていた。
そもそも草と違い、一個一個の重量がそれなりにある。

それが数多く集まってしまったのだから、持ち運びに困るのは必然でもあった。

「クルシュ……も運べないよな。シロやルルも無理だろうし……」

「は、はい……。もうしわけありません」

「石は食べられないからね」

「妾が魔法でどうにかしようか？」

そういえばルルが引越しの際に使っていた魔法がつかえるのか……。

「そうしてもらえると助かる」

「なら代わりに薬を……。薬をくれないか？」

「――その言い方だとすごく怪しく聞こえるぞ……。回復薬でいいか？」

「もちろんじゃ」

交渉が無事に終わった俺たちはがっちりと固い握手を交わしていた。

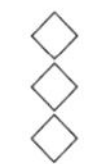

領地に戻ってくると、ルルが運んでいたたくさんの石を見て、アルバンが不思議そうに首を傾げていた。

「こんなに石を持って帰ってきて、何をされるのですか？」

「あぁ、城壁を作るのに使えると思ってな。まぁ、ちょっと待ってくれ」

水晶の力を使い、石材をレンガへと変えていく。

ただ、すごい数があり、作れば作るほど、レンガを置く場所に困っていく。

「アルバン、すまないがこのレンガを倉庫へと運んでくれないか？」

レンガ一個一個はそれなりに重量があるので、クルシュたちには頼めなかった。

アルバンは嫌な顔一つせずに、近くにあるレンガを幾つか持つと、空いている手で胸を叩いていた。

「それならお安いご用です。ソーマ様の頼みでしたら――」

すると、今度はエーファが駆け寄ってきて言ってくる。

「ま、待って下さい！　それならこのエーファにお任せ下さい！　アルバンなんかに任せられないですよ!?」

エーファが間に割って入ってくる。

俺としては運んでもらえるのならどちらでも構わない。

ただ、エーファの見た目からして、結構な重量があるレンガを運べるのだろうか？

俺たちの中で、ルルに次いで小柄のエーファに大量の石を持たせて必死に運ばせる光景を想像して、思わず首を横に振る。

「いや、やっぱりアルバンに任せる。エーファだと俺の良心が痛む」

「ソーマ様！　大丈夫です。こんなアルバンなんかに任せずに私に任せて下さい！」

「いえいえ、ソーマ様は私を直々に選んでいただいたのですから、私が運ぶのが当然です。このトカゲ風情に任せるのは心配ですから」

「なに!?　この最強のドラゴンである私に勝てると?」

「ドラゴンはドラゴンでも今は子供だろう?」

「その言葉は宣戦布告と受け取るよ!」

　エーファとアルバンがバチバチと火花を飛ばし合う。

　そんな彼らの姿を見て俺は思わず苦笑をする。

「待て待て。喧嘩をするくらいなら2人で運んできてくれ。そもそもどっちか1人だけに頼む理由がないわけだからな。2人で頼む」

「よし、それならどっちが大きい石を運べるか勝負だな」

「くくくっ、ドラゴンである私に勝てると思うなよ!」

　2人がレンガを持つと走って行ってしまう。

「あっ、まだどこの倉庫に入れるか伝えていない――」

　そう思ったとき、既に2人の姿は見えなくなっていた。

◇◇◇

　そして、数時間後。

　俺たちの目の前にあったレンガはすっかりその姿を消していた。

俺もレンガが大量に集まったのでそれなりに満足していた。

なぜか達成感を持っていた2人。

「人間のくせにそれなりにやるようだな」

「くっ、なかなかやるな」


ただ、そうなると次の問題が出てきてしまう。

しかも、レンガをかなり大量に集めたおかげで、速攻で作れるほどの材料が貯まっていた。

そして、建築できるものの中に城壁が現れていた。


——どこに城壁を作るか。

一度作ってしまうと、領地を広げたときに作り直しになる恐れもあるからだ。

「アルバン、この領地ならどのくらいの城壁があったらいいと思う？」

「今でしたら、町をすっぽり覆う程度で十分かと……」

「いや、将来で考えると人が増えるからな。そうなったときにどのくらいの大きさが必要になりそうだ？」

「ソーマ様のご威光を考えますと、この国を覆っても足りないかと思われます」

当然のように言ってくるアルバン。

それを聞いた瞬間に俺は話す相手を間違えた、とため息を吐いていた。

「いや、さすがにそこまで大きくなったときは別で考える。一般的な町の広さだとどのくらいになりそうだ？」

「そうですね……。それでしたら当面は今の倍くらいの広さがあれば、問題ないかと思います」

今でも建物の数を考えると数十人は優に暮らせる。

その倍、と考えると百人程度が住める範囲……ということになるな。

確かに一旦城壁を作る範囲、と考えると妥当かもしれない。

「ありがとう、アルバン。助かるよ」

「いえ、これも全てソーマ様のためを思ってしているまででございます」

「いやいや、いつもアルバンには助けてもらっている。感謝してもし足りないよ」

素直にお礼を言うとアルバンは目に涙を浮かべていた。

「そ、ソーマ様からそのような謝辞をいただけるとは……。このアルバン、一生胸に刻みつけます」

「いやいや、大げさすぎるぞ……」

苦笑を浮かべてしまうが、アルバンは首を横に振る。

「いえ、むしろ足りないくらいです。そうですね、今の言葉は我が家の家訓として一生教え伝えようかと――」

「そ、それはやり過ぎだ……」

本当にやりかねないアルバンの行動を止める。

「そ、それよりもおそらく壁を築く工事が必要になる。人を集めてくれないか？」

「はっ、かしこまりました！　すぐに集めて参ります！」

アルバンは敬礼をすると、大急ぎでその場を去って行った。
あとに残された俺は、早速城壁作りを開始する。

『現在建築できる建物になります。どちらを建築しますか?』
↓城壁

城壁に必要な素材はレンガだったようだ。
しっかり水晶にその表示が映し出されていた。
さらに、その詳細情報を表示する。

【名前】　城壁
【必要材料】　レンガ（102/100）
【詳細】　外敵の侵入を抑える石壁。それなりの強度を持っている。

大量のレンガを集めたからな。
城壁を作れるだけの素材は集まっている。
あとは、それこそ建築をするだけ……。
俺はアルバンが戻ってくるのを待っていた。

そして、集まったのは７人だった。

「えっと、ご飯は食べ終わってからで良かったんじゃないでしょうか？　ソーマさんもそのくらい待ってくれると思いますよ？」

「な、なによ、いきなり呼び出して……。私はまだ食事中なのよ⁉」

「主様ー、私が一番に来ましたよー。ほめてくださいー！」

「大トカゲ！　お前、ソーマ様になんたるご無礼を。やっぱりここで成敗してやる！」

「なんだ、髭だるま。やるのか⁉　今日こそはこんがり肉に変えてやろう！」

「アルバン様。このあたしがサポートするわ」

「こんがり肉……。じゅるり……」

「相変わらず騒々しいのう。もっと静かにできないのか」


やってきたのはいつものメンバーだった。

ただ、相変わらず騒々しくて、全くまとまりが取れていない。

串に刺さった焼き魚を食べるラーレ。

そわそわと俺やラーレ、アルバンやエーファをキョロキョロ見渡しているクルシュ。

喧嘩を始めるアルバン、ルイスとエーファ。

その側でラーレと同じように焼き魚を食べながら、エーファの姿を見て涎を垂らしていたシロ。

呆れ顔を浮かべながら、その手にはたくさんの薬瓶を持っているルル。

その様子にため息が出てしまう。

「とにかく、今からこの領地が魔物に襲われないようにするために城壁を作る。手を貸してくれるか？」

「主様のためなら魔物くらい焼き払いますよー？」

エーファが首を傾げながら言ってくる。

「いや、そんなことをしたら山火事になってしまう……。人間が生活をするうえで必要になる物なんだ。だから、エーファにも協力して欲しい」

「そうなんですね。わかりました。主様の頼みならエーファはいくらでも。髭ダルマの倍は働きますよー」

「なにをー！　建築で私を上回るつもりか？　トカゲ風情に負けるはずないだろう！」

「アルバン様に認めてもらうために頑張りますね」

「もぐもぐ……、ご飯終わってからなら良いわよ」

「……ご飯は終わらないよ」

「あ、あははっ……。私もできることは手伝いますね」

「妾も以前約束したもんな。妾に任せておけ」

皆の協力を得られることが決まったので、俺は早速水晶から城壁作成のボタンを押していた。

すると、目の前にはたくさんの石材やモルタル。使用する道具が現れ、水晶に『60:00:00:00』の文字が浮かび上がる。

60日で作らないといけないのか……。

なかなかハードなスケジュールになりそうだ。

俺たちは早速、城壁作成に取りかかるのだった。

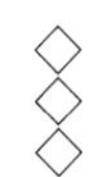

1日目。

アルバンが土台となる部分を作り、他のみんなはその指示に従っていた。

「おい、このクソダルマ！　なんで私がただ見てるだけなんだ！」

エーファがアルバンに対して、怒りをあらわにしていた。

「建物と同様で、基礎が何よりも大切だからな。さすがにお前は不器用すぎる」

意外としっかりした理由だった。

確かに白龍王であるエーファは、細かい作業には向いていない。

もっと大きい作業でこそ、その力を発揮してくれる。

「まぁ、エーファはこの領地の最後の切り札だからな。ここぞという時に力になってもらうために、今はその力を温存しておいてくれ」

「そういうことでしたか。わかりました。主様のために今は監視することにしますね」

なんとか納得してくれたエーファ。

そんな彼女を横目に俺たちは城壁作成を進めていった。


5日目。

城壁に関してはアルバン以上にルイスが詳しいようだった。

そこで城壁作成の指揮をルイスにとってもらうと、更に作業の効率が上がっていた。

ただ、アルバン以外は慣れない作業でほとんど戦力にならず、結果的にアルバンとルイスの2人に任せることとなってしまった。

その際にルイスは「アルバン様と2人きりになれるなんて、ご褒美かしら?」と喜んでいたのだが、時間が足りなくなりそうなので、何か対策を取る必要がありそうだった。


10日目。

ようやく一割ほど進捗した程度。

このままだと確実に間に合わないと俺でもわかる。

そのタイミングでアルバンから申し訳なさそうに頼まれる。

「ソーマ様、少しよろしいでしょうか?」

「――城壁の件だな？」

「はい。このままだと、どう頑張っても間に合いそうにありません。私の力不足で申し訳ありません」

「いや、最初から俺が無茶を言ったせいだ。アルバンのせいではない」

「せめて、もう数人、私たちのような建築に慣れた人がいたら……」

アルバンが申し訳なさそうにしているが、むしろ人を集められなかったのは俺のせいでもある。

アルバンが気にする必要はないのだが――。

「分かった。誰か他に建築できる人がいないか探してみる」

「すみません。よろしくお願いします……」

こうして俺は新たな人材を確保するために領内を歩き回ることとなった。

「そういうことがあったんだが、クルシュは誰か心当たりはいないか？」

領内のことに詳しい人物。

そう考えた時にまず浮かんできたのはやっぱりクルシュだった。

俺の次にこの領地にやってきただけあって、この領内については彼女が一番詳しかった。

でも、建築できそうな人については心当たりがないようで、首を傾げていた。

「私も心当たりはないですね。アルバンさんが建築については仕切っておられましたので……」

「やっぱりそうだよな……」

「あっ、でも、そう言ったことなら商人さんが詳しいかもしれないですね」

そこで俺は、この領地にクルシュやラーレを連れてきてくれたビーンがいることを思い出していた。

「なるほど、その手があったな。ちょっと行ってくる」

「私も一緒について行きますね」

こうして、俺たちはビーンの商会へと移動していた。

◇◇◇

「これはこれは、ソーマ様。本日はいかがされましたか？」

ごますりしながら寄ってくる商人のビーン。

ニコニコと笑みを浮かべながら話しかけてくるので、俺も遠慮なく頼み事をすることができる。

「実は建築ができる人間を探しているんだ。ビーンに心当たりはないか？」

「建築……でございますか？　力仕事でしたら、元々この領地にいた商人のバルグさんとかが得意だと思いますよ？　日雇いで雇われるようでしたら、数人声をかけさせていただきますが？」

「そっか……、確かに言われてみたらバルグさんも得意そうだな。ありがとう、ビーン。まずはバルグさんに声をかけてからまたやってくるよ」

「はい、かしこまりました。では、それまで私はお待ちさせていただきますね」

ビーンにアドバイスをもらった俺はその足のまま、今度はバルグの商店へとやってくる。

すると、いつの間にか横にはユリさんの料理屋が出来上がっていた。

料理屋はかなり繁盛しているようで、人が並んでいた。

これはユリさんに料理屋を勧めてよかった、と思わされていた。

「おかわりー！」

聞き慣れた声が店の中から聞こえてくる。

「シロちゃん……、一体何をしてるんでしょうね」

苦笑を浮かべるクルシュ。

まぁ、食べ物のあるところにシロは必ずいるからな。

俺も呆れ顔になりながら、店の中を覗いてみると、確かにそこにはシロの姿があった。

しかし、それだけにはとどまらずに、シロの隣にはルルの姿があり、ぐったりとテーブルに突っ伏していた。

「も、もう食べられないのじゃ……」

「あははっ、ルルちゃんって少食なんだね……」

「お主が食いすぎなのじゃ……」

「えーっ、そんなことないよー……。まだまだ腹一分目程度だよー」

「そ、そこまで食べてまだ一分目なのか……」

すでにシロの前には山積みに積み上がった皿が置かれている。

「大丈夫、流石の私でも、ご馳走になるから少し遠慮しながら食べてるから」

「わ、妾の体力はもうゼロじゃのじゃ……」

うん、見たらいけないものを見た気持ちになった。

とりあえず、そっと料理屋を後にしようとする……が、失敗してしまう。

「あっ、お兄ちゃんとクルシュちゃんだー！　一緒にご飯食べない？　美味しいよー？」

「た、助かったのじゃ……。ぬ、主も少し金銭を――」

「俺はちょっとバルグさんに用があってな。後からでいいか？」

「お腹が空いたら仕事なんてできないよー？」

「俺はちゃんと朝ごはんを食ってるから問題ない」

「もう朝じゃないよー？」

時刻はそろそろ昼になりそうな時間。

「まぁ、仕事が終わったら適当に食うよ」

それだけ言うと料理屋を出て行く。

最後にルルの「薄情者ー……」と言う言葉が聞こえてきた気がするが……。

これは気安くシロに奢るなんて言えないな。これからの教訓にしておこう。

「ソーマさん、良かったのですか？」

「まぁ、今のところはルルに任せるしかないだろう？」

「いえ、そういうわけではなくて……」

クルシュは少し言いよどんでいた。

何か別の理由があるのかもしれない。

「どうしたんだ？」

「いえ……。シロちゃん、あの調子だとずっとご飯を食べ続けるんだろうなって思いまして……」

「あっ!?」

い、いったいどのくらい食べるのか。恐怖すら感じていた。

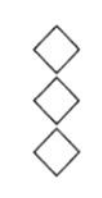

俺とクルシュはバルグの商店へとやってきた。

相変わらず、ここにこれればなんでもそろうと言えるほどの品揃え。

そして、店の奥には少し落ち込んでいるバルグの姿があった。

「バルグ、ちょっといいか？」

「……っす」

相変わらず何を言っているのかわからないが、それ以上に今日は声が小さい。

よく耳を澄ませるとなんとか聞き取れるほどだった。

「落ち込んでいるみたいだな。何かあったのか？」

「ユリ……、俺……、うぅぅ……」

悲しさのあまり、目元を押さえるバルグ。

これだけだと何もわからない。

すると、どこからともなくユリさんが現れる。

「全く……、本当にボクがいないとダメなんだからね。バルグは……」

「ユリ……」

二人で抱き合っていた。

いったい何を見せつけられているのか……。

「えっと、ユリさん。バルグさんが悲しんでた理由って……？」

「うん、ボクと離ればなれになってるからだって。すぐ隣にいるのにね」

「あぁ、そういうことか……」

今までつきっきりで2人でいたわけだもんな。

それを考えるといきなり離れると悲しくなるのも無理はないか？

「あの……、ユリさん？　お店の方は大丈夫ですか？」

クルシュが心配そうに聞いていた。

「さすがにボクも疲れたから少し休憩だよ。ずっと働き詰めだったから少しくらいいいよね？」

ユリさんがペロッと舌を出して微笑んでいた。

「まぁ、シロが来たら大変だよな……」

先ほどの様子を思い出して苦笑する。

お得意様には違いないのだろうけど、１人で店を大忙しにさせるほどだから、のんびりしたいユリさんからしたらどうなんだろう？

「どこまで抑えられるかわからないけど、シロにはあまり行かないように言っておこうか？」

「ううん、大丈夫。シロちゃん、本当になんでもおいしそうに食べてくれるから、見ていても気持ちいいんだよ」

「ユリさんがそう言うならいいんだけどな……」

「それより、バルグに何か用だったの？　通訳しようか？」

「俺……、だい……」

「えっと、すみませんけど、よろしくお願いします」

今日はいつにも増してバルグさんの言葉がわからなくなっている。

だから、ついついユリさんに甘えてしまった。

「それで、何を聞いたらいいかな？」

「あぁ、バルグさんにも城壁の工事を手伝って貰えないかと思ってな。商店も忙しいだろうけど、どうだ？」

「もち……」

「もちろん大丈夫だって。バルグも少しうれしそうだよ」

うーん、相変わらず表情が変わっているようには見えないんだけどな……。

ただ、なぜかユリさんにだけはわかるようだった。

「それなら、本当に申し訳ないけど、手伝ってもらってもいいか？　全く人手が足りてないみたいなんだ。俺たちだと足手まといになるようで……」

「それ……」

「それなら、商人仲間に声を掛けましょうか？　だって」

「そんなことをしてもらってもいいのか？　それなら俺としてはすごく助かるが……」

「もち……」

「もちろん、このくらいで良かったら全然協力してくれるって。良かったね、ソーマさん」

「あぁ、本当に助かった。人が集まったら、この領地にも城壁ができるから、更に安全になってくれるはずだ」

「うんうん、それならボクたちも安心できるもんね。それじゃあ、バルグ、頑張ってね。お弁当作って応援に行くからね！」

「がんば……」

バルグの目に光が灯っていた。

単純だな……。

俺はその様子に苦笑を浮かべながらも、強力な味方を得たことでなんとか城壁完成に目が見えてくれたことにホッとしていた。

城壁を作成し始めてから50日を過ぎた。

ついに城壁の大半が完成し、いつ魔物が襲ってきても防げそうなほどになっていた。

そんなタイミングで、ルルが現れる。

「ふふふっ、いよいよ城壁が完成間近になったようじゃな。つまり、この妾の出番、というわけじゃ」

「ルルちゃん、ここは危ないですから、あっちで遊びましょうね」

「はーい。って、子供扱いするな!?」

頬を膨らませて怒るルル。

「ルルの出番……ということは、上空からの敵に対する手段をついに教えてくれる……ということだな？」

「もちろんじゃ。ここはただ城壁を使うだけではなく、聖魔法による結界も同時に行うのじゃ。聖魔法に結界魔法があるじゃろ？　むしろ、それは聖魔法の領域じゃ。そうすれば魔物なんて一撃なのじゃ！」

得意げに言ってくるルル。

確かに普通なら結界とか回復とかそういったイメージが浮かぶのが普通だよな。

「えっと、結界を張ればいいの？　触れたら爆発するけど？」

シロが本当にいいのかと、俺に向かって視線を送ってくる。

「さすがに危なくないか？　突然爆発するんだろう？」

「大丈夫だよ？　芸術だから」

シロが親指を立てて、にっこり微笑んでくる。

「いやいや、ただの危険な罠だからな!?」

「突然爆発するかも……って思ったら、やっぱり怖いですもんね」

クルシュが俺の意見に同意してくれる。

すると、シロが腰に手を当てながら言ってくる。

「突然爆発なんてそんなこと絶対にないよ！　いつもわざと爆発させてるもん！」

「もっと悪いですよ!?」

クルシュが慌てて言っていた。

「えっと……、この領地には空を飛ぶ人間がおるのか？　結界を仕掛けるのは上空だけじゃろう？」

ルルが呆れ口調で言ってくる。

「あっ……」

確かにそれだと全く問題がない。

城壁で歩いている人たちは防ぐことができるのだから、普通に暮らしている分には、まず爆発することはない。

　むしろ、その領域まで届くことがなかった。

「なるほど……。確かにそれだとシロが爆発を起こしたとしても問題ない訳だ。まぁ、驚きはするけどな」

　理由はわかったし、結界をシロに作ってもらった方が良いこともわかった。

　あとは城壁さえ完成したら結界を作ってもらって……。

「えいっ！」

　シロがかわいらしい声を上げて、魔法を使っていた。

「はいっ、これで上空に結界を張ったよ」

「そ、そんなに簡単にできるものなのか？」

「うん、魔法って簡単だからね」

　本当に何も苦に思っていないようで、シロが大きく頷いてくる。

「そうなのか？」

　俺はクルシュの方に確認をする。

　しかし、クルシュは必死に首を横に振っていた。

「そ、そんなに簡単のはずがないですよ!?　わ、私がずっと練習しててもほとんどできないのですから……」

「だよな……。俺の勘違いかと思ったぞ……」

　簡単にできるのはシロだけのようだ。

「まぁ、これであとは城壁さえ完成したらこの領地は平和に――」

ドガァァァァン!!


いきなり上空で爆発が起こっていた。

「し、シロ!? け、結界のはずだろ!?」

「うん、ちゃんと結界だよ?」

「で、でも爆発したぞ?」

「うん、爆発するよ?」

何をおかしいことを言っているのかといった風に言い返してくる。

「いや、だって突然爆発して――」

「さっき、魔物とかが襲いかかってきたら爆発するって言ったよね?」

その瞬間に大慌てでアルバンたちが駆け寄ってくる。

「ソーマ様!! 大変です! 魔物の集団が襲ってきました!」

「エーファが攻撃したら何か爆発しましたけど?」

「それはそこの爆弾トカゲが何かしたのだろう?」

「え、エーファは普通の攻撃をしただけですよ!?」

「そ、それじゃあ、魔物の集団はもう去っていったんだな……」

「いえ、撃退したのは空を飛んでいた魔物だけです。どうしましょうか？」

ブライトは質問してきていたが、既に武器を準備しており、その腹は決まっているようだった。

それなら俺としてもやることは一つだった。

「アルバン、戦える者を集めてくれ。魔物たちは撃退する。その指揮を頼む。クルシュは俺と一緒に戦えない者の避難を手伝ってくれ」

「はっ！」

「わ、わかりました」

「えっと、私はどうしたらいいかな？」

シロがいつの間にか骨付き肉をかじりながら聞いてくる。

「シロはアルバンに付いていてくれ。いざというときは聖魔法（ばくはつ）を頼む」

「わかったよー。ご飯一杯でねー」

「こ、こらっ、シロちゃん！　そんなことを言ったらダメですよ……」

「あははっ……、かまわん。手を貸してもらうんだ。そのくらいのことはさせてもらう」

「そ、ソーマさんもそんなに甘やかさなくていいんですよ……」

「あははっ、約束だよ、お兄ちゃん」

シロはうれしそうに頷いてからアルバンの方へと近づいていった。

そして、二手に分かれようとするとエーファがさも当然のように俺たちに付いてこようとした。

「こらこら、エーファはアルバンたちの方だ」

「え、エーファは主様と一緒にいたいだけですよ……」

「そうは言ってもな……」

確かにエーファは常に俺のことを慕ってくれているけど、一緒に行動していることは少ないかもしれない。

だから、たまにこうやってわがままを言いたくなるのも仕方ないことかもしれない。

でも、相手は魔物だからな……。

「仕方がない。魔物の方には妾が手を貸そう」

ルルがアルバンの方へと移動する。

ただ、それを慌てて止める。

「さ、さすがに相手は危険な魔物だぞ？　危ないぞ？」

「妾を誰と心得ておる？」

「とってもかわいいルルちゃんですね」

にっこり微笑みながら答えるクルシュをスルーするルル。

「これでもずっと深淵の森の奥に住んでいた魔女ぞ？　雑魚の魔物の1匹や2匹くらいなら容易に倒せるわ」

確かに見た目が子供っぽすぎて忘れがちだが、ルルは危険と言われている深淵の森でずっと暮らしていたんだ。

自身に襲い来る危険を察することならできてもおかしくない。

「わかった。すまないけど、頼んだ」

「任せるのじゃ。主を手伝うと欲しいものがもらえるのだろう?」

「ま、まぁ、俺が準備できる程度のもので良かったらな」

前もって釘を刺しておく。

そうしないとルルならどんな要求をしてきてもおかしくなさそうだから……。

しかし、彼女はそれでも嬉しそうに頷いていた。

「もちろん問題ない。主が作った別の薬をもらいたいだけじゃ」

「それくらいなら……」

「よし、全力で潰してくる。少々待っておれ!」

ルルは意気揚々とアルバンのあとをついていく。

すると、それを見ていたエーファが頬を膨らませていた。

「むぅ……、主様はみんなに優しすぎますよ……」

「……どうかしたか?」

「なんでもないですよ。エーファもちょっと行ってきますね」

エーファもそのままアルバンたちについて行く。

さっきまで俺と一緒にいたいと言っていたのに良かったのだろうか?

しかし、進んでいったかと思うとすぐに振り返って言ってくる。

「もちろん、エーファが一番倒したらエーファのお願い聞いてくれるのですよね？」

「えっ!?」

「それじゃあ、いってきまーす！」

俺の回答を聞くことなく、エーファはアルバンたちの方へ向かって駆け出していた。

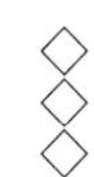

この領地最高戦力の面々が全員で魔物の相手をしてくれることになったので、そこまで時間がかからないと思っていた。

でも、まさか避難を開始した瞬間に終わるとは思わなかった。

「主様ー！　約束通り、エーファが活躍してきましたよー！」

「お前、今さっき、俺を巻き込んで龍魔法を放っただろ!?　危うく死ぬところだったぞ!?」

「魔物も倒せたら本望じゃないのか？」

「死んで本望のはずないだろ!?」

アルバンとエーファが相変わらず仲良さそうにしている。

「確かに妾も見ているだけだったぞ？」

「エーファ様……、手加減をされていました……」

「こんがり肉……。ちょっと焼きすぎだよ……。やっぱり焼き加減はクルシュちゃんが一番だね

「……」

「アルバン様は龍如きには負けないわね」

他の面々も全員無傷で帰ってくる。

それを見て、俺は少しホッとしていた。

ただ、最近領地レベルを上げる以外で魔物が襲ってきやすくなっている。

それは何か事情があるのだろうか？

俺は一抹の不安を隠しきれなかった。

あとがき

『やりこみ好きによる領地経営』第2巻をご購入いただき本当にありがとうございます。

ここまで当作品を出すことができたのは、たくさんの方のご協力あっての賜物だと思っております。


イラストレーターのかれい先生。

担当さん。

書店の皆様方。

その他、出版に携わってくれた皆様。

そして、ご購入していただき、ここまで読んでくださった皆様。

本当にありがとうございます。


本作2巻を作成する上でまず悩んだことは作品の時系列をどうするか……ということでした。

Web版を読んでくださっている方はわかると思いますが、当作品は一度完結しておりました。

そして、Webで書かせていただいていたものは、加筆修正させていただいて1巻とさせてもらったのですが、そこから2巻へ続けるのに、Web版の先を書く形にしようか、それともWeb版自体が最後、時系列を飛ばしての完結としていましたので、その間を補完する形にしようか、悩んだ末の当作品となりました。

Web版をほぼ使用しないで、完全書き下ろし。

飛ばしていた時系列を補完する形で、更に愉快な仲間たちを追加する形で進めていきました。

しかし、2巻発売が決まった段階で、今回新しく登場させてもらったキャラクターは誰も出すことが決まっていませんでした。

それぞれ、既存キャラクターに関係した話を書きたいと思いましたので、クルシュに対して現聖女であるシロ。

どちらかと言えばメイドとして補佐をメインとするクルシュに対して、自由奔放な彼女が突然やってくる……という話を第一に持ってきました。

特に料理人であるユリさんがいる以上、腹ぺこキャラを持ってきたかった……ということで、設定したのがシロになります。

第2にラーレの万能薬に対して、薬好きのキャラを。

しかも、万能薬を進捗させようとなるとその素材に関するキャラ。

そこで出てきたのが魔女であるルルになります。

年齢は作中でもかなり上ですが、それのギャップとして見た目はかなりのロリ。

人との接点はほとんどなく、一人でいることを好む少女、ということでルルができました。

最後にアルバンに対してのルイス。

かなりの実力者であるアルバンに憧れを抱き、崇拝と言ってもいいくらいの感情を抱く人物がいてもいいんじゃないか、というところからキャラを作っていきました。

アルバンがどちらかと言えば体つきのいいタイプなので、それの真逆に。

それでいて、アルバンの力になれるタイプに。

真っ先にキャラから作り、書き進めていった2巻ですが、発売の時期的にイラストが先行してしまい、キャラ表だけでデザインをおこしてもらったにも拘わらず、素晴らしいイラストを描いてくださったかれい先生。本当にありがとうございます。

そして、いざ執筆を開始するタイミングで、他の予定や私自身の体調不良とも重なってバタバタとしてしまい、原稿が仕上がったのもギリギリでした。

この点では担当様にはご迷惑をおかけしてしまい申し訳ありません。

また作品を書いているうちに、ひっそりと登場してしまったエーファのことを慕うドラゴン、ブルック。

書き始めでは全く登場する予定のなかったキャラになります。

でも、それぞれに呼応するキャラを出していたので、エーファに対して出てくるのもある意味当然だったのかも知れません。

作成秘話について少し話させてもらったのですが、最後にこの作品を楽しんでもらえたのならありがたいです。

BKブックス

やりこみ好きによる領地経営

～俺だけ見える『開拓度』を上げて最強領地に～ 2

2021年7月20日　初版第一刷発行

著　者　空野 進（そらの すすむ）

イラストレーター　かれい

発行人　今 晴美

発行所　株式会社ぶんか社
〒102-8405　東京都千代田区一番町 29-6
TEL 03-3222-5150（編集部）
TEL 03-3222-5115（出版営業部）
www.bunkasha.co.jp

装　丁　AFTERGLOW

編　集　株式会社 パルプライド

印刷所　大日本印刷株式会社

ISBN978-4-8211-4598-0

Printed in Japan